Elizabeth Barrett Browning.（エリザベス・バレット・ブラウニング）
Photo by: Universal History Archive/Universal Images Group via Getty Images

Picture of Casa Guidi by E. Barrett（グイディ館のブラウニング夫妻の応接間）
Special Collections, F. W. Olin Library, Mills Collage

Elizabeth Barrett Browning 1806-1861

## 使用テクスト

Charlotte Porter and Helen A. Clarke ed., *The Complete Works of Elizabeth Barrett Browning.* (New York, Thomas Y. Crowell & Co. Publishers, 1900) Reprinted: AMS Press, New York, 1973.

他に参照した版

Sandra Donaldson et al. ed., *The Works of Elizabeth Barrett Browning.* (Vols.1-5)
Pickering & Chatto Publishers, London, 2010.「ピカリング版」と表記。

Cambridge Edition, with a New Introduction by Ruth M. Adams, *The Poetical Works of Elizabeth Barrett Browning.* Houghton Mifflin Company, Boston, 1974.「ケンブリッジ版」と表記。

## 参照文献

Elvan Kintner ed., *The Letters of Robert Browning and Elizabeth Barrett Barrett 1845-1846.* The Belknap Press of Harvard University Press, Cambridge, Massachusetts, 1969.
「書簡集」と表記。

## 凡例

＊巻末に註があることを示す。

［　］　テクストの原註であることを示す。

原則としてテクストの大文字は「　」でくくり、斜字体は太字にして傍点を付した。この原則から大きく外れた場合は、ことわりの註を付した。

# まえがき

今回はエリザベス・バレット・ブラウニング（一八〇六～一八六一）の中、後期の主要作品をとりあげた。内容的には二つに大別される。一つは、彼女の女性詩人ならではの纏綿たる情感、心情を投影表現した作品、「ダッチェス・メイの歌謡」、「カタリーナからカモンイスへ」、そして、夫ロバートと結ばれるまでの自身の心情の変遷を綴った『ポルトガル語からのソネット集』。もう一つは、彼女の社会的関心のありようを表出した作品、『子供たちの叫び』、『巡礼岬の逃亡奴隷』、『グイディ館の窓　第一部　第二部』、『会議前の詩篇』である。先に挙げた二作は、十九世紀、世界にさきがけて産業革命を成し遂げたイギリスの児童労働の実態、及び、アメリカの奴隷制度の非人間性を告発したもので、今では共感をもってよく理解されるかと思う。だが、あとの二作は当時のイタリアの政情に対する理解が少しく必要であろう。

イタリアと聞けばまずルネサンス期の文芸花咲いた都市国家として想起するが、イタリアという国の国家形成の歴史にはあまり詳しくはない、というのが、一般的な日本人の実情ではないだろうか。ローマ帝国がゲルマン民族移動に飲み込まれて崩壊し、ビザンツ帝国、フランク王国等に分裂併合されてゆき、当時の列強たちの支配を受けることになり、北部は神聖ローマ帝国に組み込まれ、南部各地も支配国の利害対立に巻き込まれていった。十世紀には南からイスラム人の侵攻が始まり、これを撃退したノルマン人は、南にノルマン王国を樹立し、その後王位継承の推移によって南北イタリアはドイツ皇帝に支配されることになった。神聖ローマ帝国自体は解体していくのであるが、イタリアにおいてはイタリア王兼神聖ローマ帝国皇帝の家系であるハプスブルグ家の支配が強まっていき、南には王国が生まれていた。このような事情から同一民族としての意識は薄れていったかに思われるが、中央部の教皇領にはこの民族意識が比較的強く、ここから教皇派（ゲルフ）と皇帝派（ギベリン）との対立抗争が激化していった。統一のないイタリアはヨーロッパ列強の勢力拡大の的となり、フランス、スペインも絡んでくるなかで、十八世紀末にフランス革命が勃発する。フランス革命軍とヨーロッパ列強との戦いで、イタリア方面軍司令官としてナポレオン一世が登場したことが、イタリアの国家統一への情熱、指針を授けることになった。フランスの敗北によるナポレオン体制崩壊後、旧体制が復活するのであるが、新たに吹き込まれた革命の精神はイタリア統一への意識革命と運動の種をまいたのであり、その種が芽吹き育っていくことになった。そのはじめての成果が「一八四八年革命、リソルジメント（再生）」であり、当時オーストリア・ハプスブルグ家の支配を受けていたトスカーナ地方の州都フィレンツエで、エリザベスがその成功と挫折の過程をつぶさに観察した記録が、『グイディ館の窓　第一部、第二部』である。この作品から『会議前の詩篇』一八六〇年の出版までには十年の隔たりがあり、エリザベスはこの間に『オーロラ・リー』（全九巻、約一万一千行、ほとんど一人称で語られる長編詩）を出版している。他方、イタリアは挫折後も独立へ向けての試みが繰り返され、失敗におわっていたのであるが、一八五九年サルデーニャ王国の宰相カヴールはその優れた外交の才能によってフランス皇帝ナポレオン三世を同盟にひきこんで、オーストリア帝国と戦い、ロンバルディア奪還に成功し、イタリア独立への兆しが見えてきたのであった。そのような状況のなかで書かれたのが『会議前の詩篇』である。

『会議前の詩篇』はイタリアの独立を確かなものにするために、ヨーロッパ列強国、特に、彼女の祖国イギリスが自国の利害をこえて支援に動くことに期待をこめて書かれた作品である。しかし、彼女の意図とはうらはらに悪意にみちた酷評が流された。「祖国をすてたファナティック」とか、「無知からくる偏見とイギリスに対する反感とで混乱している」、「愚かにも一方に偏した者のうわ言」などというものであった。政治上の利害得失とナポレオン三世に対する拭いようのない不信感とがイギリスの対応に影響したようである。それはさておき、この作品にはイタリアに寄せるエリザベスの熱い愛情がほとばしっている。とかくの批判のあるナポレオン三世賛美も、もとはといえば、彼女がイタリアを愛するが故の結果と解してこそ、納得されるのである。各国が自国の利害第一に固執し、他国の惨状に思いを致すことの少ない現在の世界状況にあって、エリザベスが祖国の批判や揶揄も意に介さずイタリアに寄せた熱い思いをつたえることに多少でも意義があれば幸いである。

# 目次

# 『詩集　一八四四年』より

## ダッチェス*・メイの歌謡

一
鐘楼へ、一人また一人、鐘つき男たちは日向から出て行った、
弔鐘よ、鳴れ　ゆっくりと。
最長老の鐘つき男は言った、「俺たちの音は死者のための音楽、
レベック[1]がすべて終わったときのもの」

二
六本のハコヤナギ[2]が教会墓地の北側に一列に並んでいる、
木々の梢の影が揺れている、下の、
弔鐘よ、鳴れ　ゆっくりと。
草生い茂るちいさな斜面の墓石越しに。

三
南側と西側には小川が急ぎ足で流れている、
弔鐘よ、鳴れ　ゆっくりと。
そして、流れる川と伸び盛りの美しい緑の木立の間に、
死者たちは臥して安らいでいる。

四
東側に私はその日、灰色の柳の木に凭れて坐った、
弔鐘よ、鳴れ　ゆっくりと。
柳の枝の雨を通して私には見えた、
低い丘陵地帯とそこを流れる川が。

五
そこにその木の下に私は坐った、鐘は厳粛に鳴った、
弔鐘よ、鳴れ　ゆっくりと。
木立と川のさざめきはその厳粛な鐘の音を縫って流れた——
しかし死の方がより高く響くように私には思えた。

六
そこで鐘が鳴っている間ずっと、私はこの昔の歌謡を読んだ、
弔鐘よ、鳴れ　ゆっくりと。
厳粛な弔いの鐘の音は生命と罪のお話と調和した、
律動的で崇高な運命のように。

## 歌謡

一
広々と森は（私は読んだ）リンテジェド[3)]の丘陵地に立っていた、
弔鐘よ、鳴れ　ゆっくりと。
そして三百年間、霜のように白い森は黙って下に立っていた、

思いのつまった胸が祈りを捧げ終えたように。

二

小鳥たちは東で歌い、また、西で歌った、
弔鐘よ、鳴れ　ゆっくりと。
だが彼らの思いが沈黙せる遠い昔の歳月に及ぶことなどほとんどない、
巣作りに際しては。

三

太陽はリンテジェドの数多《あまた》の塔の上に大きく赤く落ちた――
弔鐘よ、鳴れ　ゆっくりと。
手槍や投槍が高台に、炎のような明かりの中で場違いに林立していた、
城は陰に隠れて立っていた。

四

そこに城は背に赤い太陽を受けて黒く立っていた――
弔鐘よ、鳴れ　ゆっくりと――
陰鬱なくすぶる火葬の薪のように、その頂では炎が明滅する、
風が跡を追うときは。

五

背の高い弓の射手、五百人が城壁を包囲した――
弔鐘よ、鳴れ　ゆっくりと。
城は、血潮に沸き立ちながら、十四昼夜もちこたえた、
そして今夜にこそ、陥落は迫っていた。

六

しかしそこへ、三ヶ月前、運命には盲目の花嫁がやってきた――

弔鐘よ、鳴れ　ゆっくりと。

誇らかに床を歩み、そっと扉たちに囁いた、

「善天使たちが我が家を祝福してくれますように」

七

おお、志操堅固な額をもち、女王にふさわしい眼の花嫁よ、
弔鐘よ、鳴れ　ゆっくりと。
おお、真心こもる口をした花嫁よ、その口元には
青春の疲れ知らぬ微笑がみずからの吐息を外へ輝かせる！

八

それは公爵の忘れ形見の麗しい乙女、そして彼女の叔父――伯爵――が後見人、
弔鐘よ、鳴れ　ゆっくりと。
彼は彼女を十二歳で、黄金の持参金目当てに、
野卑な息子、ロード・リーと婚約させた。

九

しかしわずかな歳月で彼女が成熟した女となった時――

弔鐘よ、鳴れ　ゆっくりと。

これら二人のロード・リーに対して、彼女は女王然とはっきり告げた――

「私の意志は私の血として流れております。

十

この同じ血がこの同じ右手の血管を赤く染めている間は」と彼女は言った――

弔鐘よ、鳴れ　ゆっくりと——
「自由な貴婦人として、ロード・リーにではなく、
リンテジェドのサー・ガイに嫁ぐのが私の意志でございます」

十一
老伯爵は慇懃に微笑み、それから片意地な若さに溜め息をついた——
弔鐘よ、鳴れ　ゆっくりと。
「よろしい、姪よ、その手は、それほど大きな意志にしては
少々柔らかくて小さく見えるな、まことに」

十二
彼女もその同じ身振りで微笑んだ、だが彼女の微笑は冷たく晴れやかだった——
弔鐘よ、鳴れ　ゆっくりと、
「小さな手が大きな黄金を握り締めております、さもなければ
ご令息が摑む価値はないでしょう、叔父上様！」

十三
そのとき若殿は息を引きつらせ、歯を食いしばり、くぐもり声で誓った——
弔鐘よ、鳴れ　ゆっくりと——
「ご令息はご令息自身の許婚《いいなずけ》を娶るぞ、彼女が彼を愛そうが嫌おうが構うものか、
生も死も来るなら来い」

十四
彼女は嘲笑に満ちた眼で立ち上がる、父の娘ならかく立ち上がるように——
弔鐘よ、鳴れ　ゆっくりと。

「ロード・リー様、あなたの猟犬の血があなたの騎士の踵を汚します」と彼女は言った、

「しかも猟犬はどこに横たわろうと呻きはしない。

十五　「しかし女の意志は、広間の中であれ草土の上であれ、容易に挫けはしないのです」――
弔鐘よ、鳴れ　ゆっくりと。
「殿方、私を孤児とし、寡婦産つきの貴婦人としたあの墓にかけて、
私はあなたの妻と被後見人になることを拒絶いたします！」

十六　叔父とその息子それぞれに彼女は頭を下げて、堂々たる足取りで去った。
弔鐘よ、鳴れ　ゆっくりと。
真夜中を告げる鐘の音が消えるころにはすでに、礼拝堂で
司祭が彼女を祝福していた、リンテジェドの花嫁を。

十七　喜び勇んで花嫁の一行は夜の嵐と共に全速力で早馬を駆った――
弔鐘よ、鳴れ　ゆっくりと。
主従の駿馬は芝土に蹄を強く蹴りつけた、
雨が小止みになった時には。

十八　喜び勇んで花嫁の親族一行は嵐と共に全速力で早馬で追った――
弔鐘よ、鳴れ　ゆっくりと。
駿馬は駿馬の跡を、猛進する――密に繁く、蹄に蹄を重ねて、

雨が小止みになった時には。

十九

そして花婿はその強き糟毛の駿馬に跨り逃避行を導いた――
弔鐘よ、鳴れ　ゆっくりと。
そして花嫁は彼の腕に身をもたせ、平静で、危害など恐れないかのように
夜の闇の中へ笑顔を見せていた。

二〇

「怖いですか」とついに彼は訊ねた。「いいえ」と彼女は急いで答えた――
弔鐘よ、鳴れ　ゆっくりと。
「私たちが遭遇しかねない死など――恐れるのは背後に死を伴った生のみ。
恐怖心のように速く走り続けて下さい、馬を走らせて、速く！」

二一

山上へと駿馬は旋回した――腹帯は地に落ち、球節[4]は広がった――
弔鐘よ、鳴れ　ゆっくりと。
向こう見ずな跳躍、揺れる脇腹――駿馬はよろめき下る、土手を下り、
リンテジェドの城塔へと。

二二

農奴たちは上を下を見晴るかす、赤く松明を投げまわして――
弔鐘よ、鳴れ　ゆっくりと。
中庭に叫び声が上がる――「ダッチェスとサー・ガイ、万歳！」
しかし彼女は彼らの声を聞くことは決してなかった。

二三　彼女は駿馬に頬をすりつけ、鬣《たてがみ》に接吻し、項に接吻した――
弔鐘よ、鳴れ　ゆっくりと。

「汝の傍で死ぬ方が幸せだったのです、レイディー・リーとして生き延びるよりも」

これが彼女が口にした最初の言葉だった。

二四　しかし三ヶ月にわたる喜びがあった、あの瞬間から今日まで――
弔鐘よ、鳴れ　ゆっくりと。
今、弓の射手、五百人が城壁の傍らに立っている、
ダッチェス・メイを奪い返すために。

二五　城は背後に赤い太陽を受けて黒く聳え立つ――
弔鐘よ、鳴れ　ゆっくりと。
二週間にわたる攻囲がおわり、ダッチェスを除いては、
迫りくる破滅を疑うものは一人とてなかった。

二六　そのとき頭領、若きロード・リーは、鉛灰色の眼と――
弔鐘よ、鳴れ　ゆっくりと。
冷たく白く軋る彼の歯をほとんど納めかねる薄い唇で、
我知らず薄笑いしつつ歯軋りした――

二七　彼は大声で叫んだ、「かくて昼間は過ぎる、ダッチェス・メイのご立派な花婿よ！」

弔鐘よ、鳴れ　ゆっくりと。
「あの太陽を汝の見納めにせよ！　もし汝が明日の太陽を見るとすれば
一尺もの土を通してのことになろう。

二八
「さあ、麗しの花嫁よ！　汝には猟犬のあの呻き声以外何も聞こえないのか」
弔鐘よ、鳴れ　ゆっくりと。
「汝と俺は婚約を破棄した、だが俺は復讐の誓いを守るぞ、
さすればもう一方のことも叶うかもしれぬ」

二九
「さあ！　汝の意志は勇敢に挑戦し、汝の新しい恋人は比類ない」――
弔鐘よ、鳴れ　ゆっくりと。
「だが汝の古い恋人の勇敢な刀剣は、麗しの姫君の意志同等に
強靭な持ち物なのだ。

三〇
「急いで闇雲に接吻せよ、網に囚われた鳩よ！　もしも妻の名が汝に必要なら」――
弔鐘よ、鳴れ　ゆっくりと――
「汝には明日その同じ名をつけさせよう、汝の不釣合いの
前の恋人の悲しみを墓が隠してしまう前に。

三一
「彼の閉じて物言わぬ口の上で、汝と俺は婚約を呼び戻そう」
弔鐘よ、鳴れ　ゆっくりと。

「彼を祭壇と司祭にしよう――そうすれば彼は少なくとも叫びはしないだろう
『私は許さない、私はいやだ！』とは。

三二
「俺は汝の青白い指を鎖帷子の籠手の中で捻り折ってやる」
弔鐘よ、鳴れ　ゆっくりと。
『小さな手と大きな黄金』は、刀剣の仕業同様に、
俺の手中にぴっちり収まり、効を発揮するのだ」

三三
おお、小鳥たちは東で歌い、また西で歌う――
弔鐘よ、鳴れ　ゆっくりと。
おお、するとダッチェス・メイは嘲り笑い、彼女の魂は
彼の大言壮語を冗談として片付けた。

三四
彼女は私室に座り、低い声で笑いながら考えていた――
弔鐘よ、鳴れ　ゆっくりと。
「塔は堅牢、意志は自由です。どうぞご自慢なさいませ、ロード・リー様、
でも阿呆ぶりを自慢なさっているのですわ」

三五
彼女は姿見をじっと覗き込んだ、そして女らしく顔を赤らめた――
弔鐘よ、鳴れ　ゆっくりと。
半ばは自らの侮蔑の表情ゆえに、半ばは自らの美貌がまことに明白なるがゆえに、

――「誓言には誓言を、ロード・リー様！」

三六
直ちに侍女たちを呼び入れた――「お前たちはここで私を非難したから」――
弔鐘よ、鳴れ　ゆっくりと――
「私の婚礼には身分にふさわしい飾り物が欠けていると。
ここへ来てその罪から私を免罪しておくれ」

三七
「私が我が手を与えてから今日で三ヶ月です」
弔鐘よ、鳴れ　ゆっくりと。
「黄金をもって来ておくれ、宝石も、それらを身に着けて花嫁姿を保ちましょう、
敵を寄せ付けないでいる間は」

三八
「お前たちの腕の上に私の髪をほどきます。滑らかに梳り、冠を見事に載せておくれ」
弔鐘よ、鳴れ　ゆっくりと。
「紫の外套《ポール》[5]を身にまとい、この格子窓から下の壁を見て、
あそこにいる男に嘲笑を投げるのです！」

三九
おお、小鳥たちは東で歌い、また西で歌った――
弔鐘よ、鳴れ　ゆっくりと。
塔の上では城主の殿は無言のうちに刀剣に寄りかかった、
胸中に苦悩を抱いて。

四〇　重苦しい心の悩みを抱き彼は激情深く寄りかかる。
弔鐘よ、鳴れ　ゆっくりと。
敵は対壕を掘り城壁に迫っていた——彼らはそこから入城するだろう、
門扉をノックすることもせずに。

四一　その時彼が寄りかかっていた剣は震え、石の上にぽきんと折れた——
弔鐘よ、鳴れ　ゆっくりと。
「剣よ」と彼は、心中で笑いつつ、思った、「お前は杖としては役立たずだ、
お前の高貴な役目が終わった時には！

四二　「剣よ、お前の高貴な役目は終わった！　城は失われ、恥辱の始まりだ！」——
弔鐘よ、鳴れ　ゆっくりと。
「もし我らが敵どもに砦の裂け目で遭遇するなら、柄には柄を、言葉には言葉をぶつけて、
我々はそこで死ぬだろう、各々が一人を相手に。

四三　「もし我らが敵に城壁で遭遇するなら、我々は、一人ずつ、虚しく倒れるだろう」——
弔鐘よ、鳴れ　ゆっくりと。
「だがもしここで私が一人で死ねば——そのときは一人にすぎない私が死に、
敵ども全員のために高貴に死ぬのだ。

四四　「五人の真の友人たちが私のために堀や草むらの中に横たわる」——

弔鐘よ、鳴れ　ゆっくりと。
十三人の武人が胸部に黒い傷を受けて安らかに横たわる、
そして彼らの誰一人とて目覚めることはないだろう。

四五

「だから、この戦いはもう続けまい！　心臓の血潮は余りに重く圧迫する」——
弔鐘よ、鳴れ　ゆっくりと。
「それに私は墓の中で眠ることなどできぬ、忠義者や勇士が
私の周囲や上に積み重なっていては。

四六

「若いクレアには母がいる、若いラルフには婚約を誓った信義がある」——
弔鐘よ、鳴れ　ゆっくりと。
「青白い我が妹の頬はロナルドが話すとバラのように赤く染まる、
彼女は一言も口をききはしないけれども——

四七

「これらの者たちを私のために決して死なせてはならぬ。生命の血は余りに重く落ちる」
弔鐘よ、鳴れ　ゆっくりと。
「もし私がここで一人離れて死ねば、死に絶えて黙す私の心臓を越えて
彼らは安全に自由に出て行けよう。

四八

「敵が聞いた時には——『死神がリンテジェドのガイを捕らえた』という声を——
弔鐘よ、鳴れ　ゆっくりと。

「その新たな死体は新たな和平をもたらし、至福の喜びの品となろう、
その枕頭におかれる石は。

四九
「そうすれば友人たちは自由に出て行き、私の思い出を伝えてくれよう」――
弔鐘よ、鳴れ　ゆっくりと。
「そうすれば敵はその傲慢をなでつけて、寡婦となった私の麗しの花嫁を慰めもしよう、
彼女の唯一の罪は私を愛したことなのだ。

五〇
「口先上手な甘言で、彼らは彼女に立ち向かい、懇願するだろう」――
弔鐘よ、鳴れ　ゆっくりと。
「彼らの紫の掛け布が、彼女の涙がその上に落ちる間に、
意識が薄れ行く彼女の頭の下に広がるだろう。

五一
「彼女は泣いて女の涙を流し、女の祈りを唱えるだろう」――
弔鐘よ、鳴れ　ゆっくりと。
「だが彼女の心は悲痛の中にあって若い、だから彼女の若い歳月を照らす太陽によって、
彼女の希望もまた萌え出すだろう。

五二
「ああ、愛しいメイ！　ああ甘美きわまる悲しみよ！　――かつて私は君に信念を誓った」――
弔鐘よ、鳴れ　ゆっくりと――
「君の名は君の甘美な魅力を表わすと――詩人の讃える五月《メイ》、完璧に！

今や私の五月の日《メイ・デイ》は短く尽きるようだ」

五三
これらの想いすべてが奇妙に霞む彼の眼の上を流れた――
弔鐘よ、鳴れ　ゆっくりと。
ついに彼の忠義者たちは、しかるべき位置にあって、
顔つき合わせる相手が彼ではなく、敵であってくれればと願った。

五四
「最後の誓言を一つ、恐れ知らず戦う忠義心備えたる我が友人諸君！」

弔鐘よ、鳴れ　ゆっくりと、

「塔は倒れ花嫁は失われるに違いない――その代価に値する働きを誓ってくれ！」

勇敢に彼らは周りに立って誓った。

五五
「各自が我が手を握り締め、城内では敗残に終わった行為によって誓ってくれ」――

弔鐘よ、鳴れ　ゆっくりと。

「復讐のためでも、正義のためでもなく、今夜、諸君は一撃を加えるのだ！」

蒼ざめて彼らは周りに立って誓った。

五六
「最後の頼みを一つ、若きラルフとクレアよ！　恐れ知らず戦う忠義心の士よ！」

弔鐘よ、鳴れ　ゆっくりと。

「あの駿馬を連れて来てくれ、妻が諸君ら皆の前で接吻した馬だ。

あれを導いて小塔の階段を上がらせてくれ。

五七　「あの馬に正しく馬具をつけ、この高みまで連れて上がってくれ」
弔鐘よ、鳴れ　ゆっくりと。
「愛において一度、戦いにおいて二度、あの馬は私を強く遠くまで運んでくれた。
今夜は遠くまで私を運ばせよう」

五八　そのとき彼の部下たちはあちらこちらを見た、彼がかく言うのを聞いた時は――
弔鐘よ、鳴れ　ゆっくりと。
「ああ！　高貴な心よ」と彼ら思った、「殿は悲しみで本当に気が狂ってしまわれた！
ここで我々が共に立っているのが敵ならよいのだが！」

五九　しかし火が彼の眼からひらめき出た、彼らの思いと答えの間に――
弔鐘よ、鳴れ　ゆっくりと。
「無駄にする時間がそんなにあるのか。ここで馬に乗る我らは速く進まねばならぬ、
敵どもを急ぎ立ち去らせたいのと同じほど速く」

六〇　彼らは気をつけてその軍馬を連れてきた。正しく馬具をつけて――
弔鐘よ、鳴れ　ゆっくりと。
中庭を通り過ぎ、いくつもの扉を抜け、床板のイグサを横切っていくうちに。
だが彼らは突き棒でつつきつつ階段を上へと馬を導いた。

六一　そのとき閨房の私室からダッチェス・メイが出てきた。

六二

弔鐘よ、鳴れ　ゆっくりと。
「さあ、話しておくれ、何用あって
この軍馬を階段の上へとつつき上げているのですか」
静かに彼女は立っていた。彼女の黒髪は束髪ピンをはずされて靴もとまで落ちた。
弔鐘よ、鳴れ　ゆっくりと。
彼女の顔にうかぶ微笑は、姿見を離れる前に、
消える時間さえなかった。

六三

「お戻り下さい、麗しのダッチェス・メイ！　望みは昨日のごとく消えました」

弔鐘よ、鳴れ　ゆっくりと。

「半時間もすれば突破口も完成です。殿のお言葉も乱れております――

中へお入り下さい、麗しの姫君、そしてお祈りを！

六四

「東の、一番高い塔で、大声で殿は馬屋から駿馬を呼んでおられます」
弔鐘よ、鳴れ　ゆっくりと。
「『余はどこまでも遠くへ乗っていくぞ』と殿は仰せです、『愛と勝利をもとめて、
たとえ城壁を馬で駆ることになっても』と。

六五

「それで我々は馬屋から駿馬を連れてくるのです、蹄が踏んだことのない上の場所へ」

弔鐘よ、鳴れ　ゆっくりと。

「奥方らしい祈りが死の難局にふさわしい。 たとえ殿が城壁で馬を駆られることになっても、
優しい天使たちは姫様の嘆願を聞いてくれましょう!」

六六　低く彼女は頭を垂れた、 さらに低く、 ついには髪は床に波打った――
弔鐘よ、 鳴れ　ゆっくりと。
涙がはらはら落ちるのがはっきりと聞こえた、
耳を済ませて聞く言葉のように。

六七　「お入り下さい、 優しい奥方様! 　ここは奥方様のいるべき場所ではない!」
弔鐘よ、 鳴れ　ゆっくりと。
「髪を結い、 ガウンの留め金をお締め下さい、 悲嘆に暮れる奥方様の美しさが
リーのリーに慈悲を見つけるように」

六八　彼女は苦い状況の中に立ち上がる、 蒼ざめてはいるがしっかりとした顔をして。
弔鐘よ、 鳴れ　ゆっくりと。
雷に打たれた彫像さながらに、 震えながらも
雷鳴源を毅然と見返すように。

六九　そして彼女は、 誇り高く、 傍らの石に注いだ自分の涙の中に足を踏み入れた――
弔鐘よ、 鳴れ　ゆっくりと。
「さあ、 これ、 忠義の武士たちよ! 　もうこれ以上決め付けないでおくれ、

女たちは何をすべきか、また、その殿方はいかに馬を駆るべきかも！」

七〇
それから彼女はその軍馬の手綱をとり、その項《うなじ》に接吻して撫でた。
弔鐘よ、鳴れ　ゆっくりと。
低く馬は嘶いて彼女に答え、そして従順に階段を上がっていった、
彼女の優しい眼差しを愛するがゆえに。

七一
おお、その狭い階段は急勾配を描いて上へと廻っていった――
弔鐘よ、鳴れ　ゆっくりと。
おお、ぴったりと身を寄せ、一段一段、彼女の足取りの傍を
馬は従った、犬のように従順に。

七二
一番高いところ、東の塔の上へ――そこは蹄が踏んだことのない場所――
弔鐘よ、鳴れ　ゆっくりと。
彼らは堂々と出た、ゆるぎない幻影は、高貴な駿馬と麗しの貴婦人は、
落ち着いて、東屋に、あるいは、馬屋に入るかのように。

七三
彼女は夫君の膝元に跪き、静かに振り仰いだ――
弔鐘よ、鳴れ　ゆっくりと。
彼は彼女に接吻した、二度三度繰り返して。眼の奥のあの眼差しゆえに、
それは彼には見るに耐え得ないものだった。

七四　彼は言った、「この争いから逃げよ、さすれば優しい聖人様がそなたを祝福してくれよう！」
弔鐘よ、鳴れ　ゆっくりと。
「今この時、私には我が糟毛の駿馬が必要だ、
だがもはや我が高貴な妻は不要だ」

七五　彼女は言った、「天が下、あなたの命令にはすべてに従順に従ってまいりました」
弔鐘よ、鳴れ　ゆっくりと。
「でも私の女の性すべてに賭けて、それは真実の忠実なものと証明ずみですが、
このご命令には決して従いません」

七六　「今や女性の資格と妻である真実に賭けて」――
弔鐘よ、鳴れ　ゆっくりと。
「今この時にもしあなたに高貴な糟毛の駿馬が必要なら、
あなたは**私**をもまた必要なのです。

七七　「振り上げた手にはめたこの黄金の指輪に賭けて、本当に」――
弔鐘よ、鳴れ　ゆっくりと。
「もし、この時、城壁に馬屋から引き出した駿馬のための余地がありうるなら、
**私**のための余地もあるはずです」

七八　「優しい聖人様も私と共にいてくださるはずです」（彼女は厳粛に述べた）――

弔鐘よ、鳴れ　ゆっくりと。
「もしも人が、この夕べ、この城壁で馬を駆るとすれば、
その方は私と共に駆っていただきます」

七九　おお、彼は鞍の中で跳び上がり、まことに苦い笑いを発した――
弔鐘よ、鳴れ　ゆっくりと。
「そなたは、かつて夕べによくしたように、木々の葉群れの間を駆けて、
夕べの鐘の響きを聞こうというのですか」

八〇　彼女は彼の膝にさらにすがりついた――「そうです、糸杉[6]の木の下で！」
弔鐘よ、鳴れ　ゆっくりと。
「私を茶化さないでください、美しい緑の森沿い以外の所へも
私はあなたと共に速足で駆けたことがあるのですから。

八一　「怒る我が親族の家から新たにたてた誓言と共に速足で駆けてきました」
弔鐘よ、鳴れ　ゆっくりと。
「何ですって、人様が考えるのをお望みですか、愛のために私がもっと危険に挑んだのは
妻である時よりも花嫁であった時だと」

八二　「何ですって、諺のように、全員の面前で、起こることをお望みですか」――
弔鐘よ、鳴れ　ゆっくりと。

「花嫁はあなたが城門を通る間はあなたと馬を並べもするが、
城壁は避ける、と」

八三　ホーイ！　城砦の裂け目は大きく開いて崩壊し、彼女の懇願に轟音をたてる——
弔鐘よ、鳴れ　ゆっくりと。
言葉にならない騒音と恐ろしい崩落をともなって——
為さんとする、はたまた、阻止せんとする悲鳴！

八四　再度彼は彼女の手をねじり二つに離した、だがその小さな両手は再び閉じあった。
弔鐘よ、鳴れ　ゆっくりと、
彼は駿馬の手綱を引き戻した——戻れ、戻れ！　だが彼女は彼の進む径跡につき従った、
半狂乱に握り締め、抱きしめて。

八五　永久に敵兵どもは窓や扉を破りなだれ込む——
弔鐘よ、鳴れ　ゆっくりと。
リーとリーの叫び声、「殺せ！」と「逃げろ！」の金切り声が
怒号の中から明瞭に聞こえる。

八六　三度彼は彼女の手をねじり二つに離した、だがその手は再び閉じて離れない——
弔鐘よ、鳴れ　ゆっくりと。
他方、彼女はしがみついた、阻止された者が十字架のキリスト像を握り締めるように、

死の苦痛に痙攣しながら。

八七　彼女は狂おしくしがみつき、わななく唇を半ば閉じ押し黙ってしがみついた。
弔鐘よ、鳴れ　ゆっくりと。
頭はなかば気絶したように垂れ、髪の毛と膝は地面を掃いた、
鐙と足に狂おしく彼女はしがみついた。

八八　滑りやすい笠石[7]に前進を阻まれた駿馬の手綱を彼は止めた。
弔鐘よ、鳴れ　ゆっくりと。
鉄製の蹄鉄は背後の狭間胸壁を軋らせて止まった、
百もの足が下りていったところで。

八九　彼の踵は跨る脇腹の震えを締め付け、駆り立てた――
弔鐘よ、鳴れ　ゆっくりと。
「兄弟同胞諸君、我が妻を救ってくれ！　許せ、妻よ、生命と引き換えだ――
だが私は一人で「神」の元へ馬を走らせる」

九〇　まっすぐに、まるで「神」の御名が彼女を炎のように息づかせたかのごとく――
弔鐘よ、鳴れ　ゆっくりと。
彼女は跳び上がり、直立し、彼の鞍に座ったのが見えた、
彼女の愛によって彼女は征服したのだ。

九一　頭を彼の胸にもたせかけ、そこで彼女は安息する人のように微笑んだ——
弔鐘よ、鳴れ　ゆっくりと。
「鳴り響け」と彼女は叫んだ、「おお、ブナ材の古い礼拝堂の晩祷の鐘よ——
いな、弔いの鐘《パッシング・ベル》[8]の鳴ることこそ最もふさわしい！」

九二　サー・ガイがいい加減に投げた手綱を彼らは摑もうとした——無駄だった——
弔鐘よ、鳴れ　ゆっくりと。
なぜなら全く絶望した馬は、前の蹄を宙に浮かせ、
最後の縁で力いっぱいに後足で立っている。

九三　今や馬は宙に乗り出し、右に左にぐらつき、鼻孔はこわばる——
弔鐘よ、鳴れ　ゆっくりと。
今や馬は頭と蹄を震わせる、そして吹いた泡がしぶきとなって落ちる、
顔は荒々しくそげ落ちる。

九四　凝視する馬の眼から人間の哀しみの目つきが現れた。
弔鐘よ、鳴れ　ゆっくりと。
鋭い叫び声を馬はあげた、眼下のまっ逆さまの死の
予示された苦悶に——

九五　「鳴れ、響け、汝、弔いの鐘よ」と尚も彼女は叫んだ、「古い礼拝堂で！」

弔鐘よ、鳴れ　ゆっくりと。
それから、逆向きにのけぞり、轟音をたてて砕け――死の重荷は破滅へ身を躍らせた、
馬と乗り手は落下した。

―――――

一
ああ、小鳥たちは東で歌い、また西で歌った――
弔鐘よ、鳴れ　ゆっくりと。
私はこの古《いにしえ》の歌謡を読んだ、教会境内の中で、
他方、鐘は安らかに眠る人のためにゆっくりと鳴る。

二
ハコヤナギは日差しを浴びてそよぎ、川は滑らかに流れる――
弔鐘よ、鳴れ　ゆっくりと。
古の歌謡はよそよそしく響く、その激情と変化を伴って、
ここ、過ぎたことすべてがそのまま放置されているところでは。

三
柳の木の下に私は小さな墓を見た――
弔鐘よ、鳴れ　ゆっくりと――
そこには刻まれていた――「ここに、汚れなき、モード眠る、享年三歳、
千八百四十三年」

四

それなら、おお、霊魂たちよ、ねえ、あの日あんなに速く馬を駆った汝らよ――
弔鐘よ、鳴れ　ゆっくりと。
星車や天使の翼が聖なる羽ばたきをして
道中ずっと汝らの傍らに付き添っていましたか？

五

激情の中で汝らは盲目のすさまじい轟音を伴って――
弔鐘よ、鳴れ　ゆっくりと――
「神」の審判という厚い浮き出し飾りのついた盾に野原でぶつかっただろうが――
汝らの心臓や頭脳は向こう見ずだったけれども――

六

今や、汝らの意思はすっかり奪われている。今や、汝らの動悸は鎮められている。
弔鐘よ、鳴れ　ゆっくりと。
今や、汝らは（どこに横たえられようと）おとなしく横たわる、
その小さな墓に最近埋葬されたばかりのモードという子供と同様に。

七

脈打つ心臓と燃える額よ、汝らは今やまことに忍耐強い――
弔鐘よ、鳴れ　ゆっくりと。
子供たちは汝らの墓場からキンポウゲを大胆にも引き抜くかもしれない、
まだ生えて一ヶ月も経たないうちに。

八

汝らは春には近くのカワラハンノキの中で鶸《ひわ》に歌を囀らせる――
弔鐘よ、鳴れ　ゆっくりと。
鶸に巣を作らせ、まるまる三週間その巣に座らせる、
何事にもぶつぶつ不平をならすことなく。

九

忍耐において汝らは強く、寒さ暑さも汝らは悪く受け取りはしない――
弔鐘よ、鳴れ　ゆっくりと。
天使のラッパが永遠の福音を吹き鳴らすとき[9]、
時間は汝らには長いとは思われない。

十

ああ、小鳥たちは東で歌い、また西で歌った――
弔鐘よ、鳴れ　ゆっくりと。
私は声を潜めて言った――我らの生命はすべて死とない交ぜになっている、
どちらが最高だと誰に分かろうか？

十一

ああ、小鳥たちは東で歌い、また西で歌った――
弔鐘よ、鳴れ　ゆっくりと。
私は微笑んだ、「神」の栄光が我らの不完全の周りに溢れることを思って――
我らの不安の周りには、「神」の平安が。

## 註

表題のダッチェス（“Duchess”）は通常は「公爵夫人」と訳すべきものである。しかしこの詩の女主人公メイは公爵の一人娘であって爵位は継いでいるが、結婚相手は爵位をもたない騎士である。従って、正確には「姫公爵」あるいは「公爵姫」とでも訳すべきところであろうが、作品中の呼称はカタカナで表記することにした。また、スタンザ毎にくりかえされるリフレインは斜字体であるが、傍点は付さなかった。

このリフレイン『弔鐘よ、鳴れ、ゆっくりと』（“*Toll slowly*”）—大抵の人々が読み飛ばす—の苛立ちを誘う繰り返しにもかかわらず、「ダッチェス・メイの歌謡」は、ブラウニング夫人の長編バラッドの中でもっとも優れたものと一般的には重んじられてきた。しかし作者自身はそれが気に入らなかった。一八四四年八月二二日、トマス・ウエストウッド氏（Mr. Thomas Westwood—頻繁に便りを交わした貴重な文通相手。彼自身が、著名な詩人であり*Beads from a Rosary*, *The Burden of the Bell*の作者）宛に彼女は次のような手紙を書いている。『奇妙なことに、ダッチェス・メイは私のお気に入りではございませんのよ、それで、一、二度、絶版にしたいとひそかな願いを漏らしてきました。でもあなたご自身に加えて他の作家の皆様は私宛の私信の中であれに注目して褒めてくださったのです』彼女の終生の友人、マーティン夫人（Mrs. Martin）へ宛てた手紙の中でも同様の弁解じみた言及が見られることから察するに、この作品の終局に含意されている顕著な自殺讃美ゆえに、非国教徒である彼女の良心が少々痛むところがあったのであろう。（ケンブリッジ版、一四〇頁）

**1** ベック —— ムーア人のヴァイオリン様式の弦楽器。三弦の擦弦楽器。哀愁を帯びた音色よりも、むしろその名の古風なひびきから採用したのであろう。

**2** ハコヤナギ —— ウラジロハコヤナギ、ホワイトポプラ。ギリシア神話の死者の国の支配者ハーディスに献じられ、ギリシア人は葬礼に使う木とみなしていた。

3　リンテジェド　――作品の内容と同様に、おそらく架空の地名であろう。

4　球節　――馬の脚のけづめ突起。けづめ毛の生ずる部分。馬具では「D字形足かせ」のこと。

5　紫衣《ポール》　――上質の長い衣服。棺や墓を覆うために使われる布でもある。

6　糸杉　――死を表象する木。柩はこの木から作られる。キリストはこの木に磔にされた、という伝説が流布している。

7　笠石　――レンガや石材の構造物、または土塀の上にかぶらせる石。しばしば雨水を流すために斜めにかたむいている。

8　弔いの鐘《パッシング・ベル》　――人が死ぬとその霊を送るために鳴らされる鐘。死を報ずる鐘。

9　「コリント人への手紙」、第一、十五章五二節参照。

# 子供たちの叫び

「ああ、ああ、子供たちよ、どうしてそんなに母さんを見つめるの。」
エウリピデス『メディア』一〇四八行

一

子供たちのむせび泣く声が聞こえますか、おお、我が同胞よ、
　悲しみが歳月と共に来る前だというのに？
子供たちはその幼い頭を母親によせかけているのです、
　でも**それでも**なお涙を止められないのです。
子羊たちは牧場でメーと鳴いています。
　雛鳥たちは巣の中でさえずっています。
小鹿は影法師とたわむれています。
　幼い花たちは西のほうへなびいています――
でも幼い、稚い子供たちが、おお、我が同胞よ、
　激しく泣いているのです！
彼らはほかの子供たちの遊び時間に泣いているのです、
　自由の国の中で。

二

あなた方は悲しんでいる幼い子供たちに尋ねますか、
　なぜそんなに涙がながれるの、と。
老人は自分の明日のために泣くかもしれません、
　明日は「遠い昔」に失われています。

老木は森の中で葉を失っています、
　老年が霜の中で終わろうとしているのです。
古傷は、打たれると、耐え難く痛みます。
　古びた望みも失うのはこの上なく辛いです。
でも幼い、稚い子供たちに、おお、我が同胞よ、
　　尋ねますか、なぜ母さんの乳房の前で
そんなに激しく泣いているのですか、
　　幸せな我らが「祖国」の中で、と?

三

子供たちは蒼ざめ、くぼんだ顔で見上げます、
　そして彼らの顔つきは見るも悲しげです。
大人の年老いた苦悩が幼児の両のほっぺを
　引っ込ませ、押さえつけているからです。
「あなた方の老いた大地は」と彼らは言います、「とてもみじめです。
　僕らの幼い脚は」と彼らは言います、「とても弱いのです、
二、三歩歩きました、でも疲れ果てました――
　僕らの安らぎの墓地は探してもずっと遠いのです。
年寄りたちになぜ泣いているのか尋ねてください、子供たちには不要です。
　だって外の大地は寒いのですから、
そして僕ら幼いものたちは戸外に、当惑しつつ、立っているのです、
　そしてお墓は年寄りのためにあるのです。」

四

「確かに」と子供たちは言います、「僕らがまだその年齢でもないのに
　　死ぬこともあるかもしれません。
幼いアリスは去年死にました。彼女の墓は
　　霜の中で雪だるまの形になっています。
あの子を入れるために用意された穴を僕らは覗き込みました。
　窮屈な土の中にはどんな仕事もする余地なんてなかった！
あの子が伏している眠りから誰もあの子を起こしはしないでしょう、
　『起きろ、アリス！　もう朝だ』と叫んで。
あのお墓のそばで、照る日も雨の日も、耳を傾けて
　聞いても、幼いアリスは決して叫びはしません。
たとえ僕らがあの子の顔を見ることができても、きっとあの子だとは分からないだろう、
　彼女の眼の中で微笑が育つには時間がかかるのだから。
そして彼女の一瞬一瞬が楽しく過ぎてゆくのです、教会のチャイムのそばで
　　経帷子に包まれて、眠りに誘い込まれ、鎮められて。
そんなことが起これば結構だ」と子供たちは言います、
　「僕らが早死にすることが」

五

ああ、ああ、子供たちよ！　彼らは探し求めているのです、
　生の中の死を、一番良いものとして。
彼らは自分たちの心を破れ果てないように縛り上げているのです、
　お墓からの経帷子で。

外へ出なさい、子供たちよ、鉱山から、街から、
　大声で歌いなさい、子供たちよ、小さなツグミたちのように。
摘み取りなさい、手いっぱいに可愛い牧場のクリンザクラを、
　声たかく大笑いしなさい、そしてその花たちが指を通り抜けるのを感じなさい！
でも彼らは答えます、「あなたの牧場のクリンザクラは
　　鉱山近くの僕らの雑草に似ていますか。
僕らを石炭陰の暗がりで静かにさせておいてください、
　　美しく素敵なあなた方の娯楽からはなれて！

六

「なぜなら、おお」と子供たちは言います、「僕らは疲れています、
　　それで僕らは走ることも跳ねることもできません。
もし僕らが少しでも牧場をこのむとすれば、それはただ
　　牧場の中に倒れこんで眠るためでしょう。
僕らの膝は屈みこんでいるうちにひどく震えるのです、
　　僕らは行こうとすると、うつ伏せに倒れるのです。
そして、垂れ下がった僕らの重い瞼の下では
　真っ赤な花も雪のように蒼白に見えるでしょう。
なぜなら、一日中、僕らは地下で、炭鉱の闇を通り抜けて
　　僕らの重荷を疲れつつひきずっているからです。
おお、一日中、僕らは工場で、鉄製の車輪を
　　　ぐるぐる廻して運転しているのです。

七

「なぜなら一日中、車輪はブーンブーンと唸り、回転しているのです。
その風が僕らにまともに吹き付けてくるのです。
しまいには僕らの心臓が回転し、頭は振動でかっかと燃え、
そして壁がそれらの代わりに回転するのです。
空が高い窓の中で、うつろに、千鳥足で回転します。
壁を伝い落ちる長い光線が回転します。
天井を這いまわる黒バエが回転します。
すべてが回転しています、一日中、そして僕らもすべてと一緒に。
そして一日中鉄製の車輪は唸り、
そして時には僕らはお祈りができました、
『おお、汝ら、車輪よ』(狂ったうめき声で不意に叫びだすのです)
『やめろ！　静かにしろ、今日だけは！』と。」

八

ああ！　黙って静かになさい！　子供たちに聞かせなさい、お互いの息遣いを
一瞬間、口から口へ！
お互いの手を触れさせなさい、彼らの柔軟な人間としての青春を
生き生きと絡ませ合って！
彼らに感じさせなさい、この冷たい金属の動きは
「神」が作られ、あるいは、啓示される人生のすべてではないことを。
彼らに証明させなさい、おお、車輪よ、彼らがお前の中にあるいはお前の下に生きている
という観念に、彼らの生きている魂は逆らっていると！

それでも、一日中、鉄の車輪は回り続ける、
　その目標から生命をすりつぶして。
そして子供たちの魂は、「神」はお日様のほうへ呼んでいるのに、
　闇の中で盲目的に回転し続ける。

九

さあ、その哀れな幼子たちに告げなさい、おお、我が同胞よ、
　「神」を見あげて祈りなさい、と。
そうすれば他の人たちすべてを祝福なさったその祝福された「一者」なる方は
　いつの日か彼らを祝福してくださるだろう、と。
彼らは答えます、「鉄の車輪の突撃が活動している間、
　僕らの声を聴いてくださるという「神」さまって誰ですか。
僕らが大きな声でしゃくりあげて泣いている時だって、僕らの近くの人たちは
　通り過ぎます、聞きもしないし、一言だって答えてくれない。
それに僕らには聞こえないのです、（鳴り響く車輪のせいで）
　戸口で見知らぬ人たち[1]が話しているのが。
「神」さまは、そのまわりで天使たちが歌っているから、
　僕らの泣いているのを少しでも聞いてくださるのかなぁ？

十

「お祈りの言葉は、実際、二つだけは憶えています。
　そして真夜中の魔の時間に、
『我らの父よ』と寝間で上のほうをみながら、

　　お守りをもとめて僕らは低い声で言うのです。
僕らは『我らの父よ』を除いて他の言葉は知りません、
　そして僕らは思うのです、天使たちの歌が小休止するときに、
「神」さまは『我らの父よ』という言葉を優しく黙って取り集め、
　そして両方とも強い「神」さまの右手の中に握りしめてくださる、と。
『我らの父よ！』もし「神」さまが僕らの祈りを聴いてくだされば、「神」さまはきっと
　（だってみんなが「神」さまは良い方で柔和な方だと言ってるから）
厳しい世界を清純に微笑みながら見下ろして、答えてくださるでしょう、
　　『来なさい、そして私と共に休みなさい、我が子よ』と。

## 十一

「でも、ノー！　だ」と子供たちは、止めどもなく泣きながら、言う、
　　「「神」さまは石のように押し黙ったままだ。
そして人々が僕らに告げるのは、「神」さまの姿は
　　僕らに働き続けろと命じる親方そっくりだって。
はて！」と子供たちは言う――「高い天国に
　僕らが見つけるのは、暗く、車輪のような、回転し続ける雲だけ。
僕らを馬鹿にしないでくれ。悲しみのせいで疑り深くなっているんだ、
　僕らは「神」さまを見あげる、けれど涙で目をふさがれて見えなくなったんだ」
子供たちが泣いて論駁しているのが聞こえますか、
　　おお、我が同胞よ、あなたがたが説諭することに対して？
「神」の全能は「神」の世界が愛することによって教えられるもの、

そして子供たちはそのどちらも疑っているのだから。

十二

それに子供たちがあなた方の前で泣くのはもっともなことです！
　彼らは走る前に疲れているのです。
彼らは日光を見たことはないし、
　太陽よりも輝かしい栄光も見たことがないのです。
彼らは人間の悲しみを知っています、が、その叡智は持ちません。
　彼らは人間の絶望に沈みます、が、その沈着さはありません。
彼らは奴隷です、が、キリスト教国内の自由はもちません。
　殉教者です、苦痛によって、でも棕櫚の葉[2]は持ちません。
まるで老齢のせいのように、やつれはてています、しかし思い出すことができなくて
　思い出草の収穫を刈り取ることはできません――
地の愛からも天の愛からも見放された孤児なのです。
　彼らを泣かせておきましょう！　泣かせておきましょう！

十三

彼らは蒼ざめ、くぼんだ顔で見上げます、
　彼らの顔つきは見るも恐ろしい。
なぜなら彼らは「造物主」にむけられた眼で
　高きところにいる彼らの天使たちをあなた方に思い起こさせるから。
「いつまで」と彼らは言う、「おお、残酷な国民よ、いつまで
　この世で商いをするために、子供の心臓を踏みつけるのですか――

鎖かたびらの付いた踵でその息の根を窒息させ、
　市場のあなた方の玉座のほうへ歩むのですか。
僕らの血潮は跳ね上がります、おお、黄金を積み重ねる人よ、
　そしてあなたの紫衣はあなたの道を示している！
しかし静寂の中に響く子供のすすり泣きはより深く呪うのです、
　激怒する強者よりも」

註

この詩は一八四三年八月『ブラックウッド・マガジン』に初めて発表され，のち一八四四年、一八五六年の詩集に収められた。エリザベスの交信相手であった詩人のホーン氏も加わっていた『鉱山および製造工場における児童ならびに若者の雇用に関する報告書』に啓発されて創作された。当時、イギリスでは労働者階級の八歳あるいは八歳未満の子供たちが一日十二時間の労働を強いられていた。この詩の反響によって児童雇用制限法の通過が促進され、この詩はヴィクトリア朝中期の産業改革文学の最も影響力ある作品の一つとなったのである。

リズムや語法の特殊性など、推敲不足を批判されているが、エリザベスは最初のスタンザが「ハリケーン」となって頭に浮かんできたので、他のスタンザもそれに合わせるほかなかった、と弁明している。

1　見知らぬ人たち　――「ヘブル人への手紙」十三章二節「旅人をもてなすことを忘れてはいけません。こうして、ある人々は御使いたちを、それとは知らずにもてなしました」

2　棕櫚の葉　――勝利、または喜びのしるし。葉が広げた手に似ていることから。また、エルサレムへ入場するイエスを棕櫚の枝をとって出迎えたことを踏まえている。「ヨハネ伝」十二章十三節参照。

## カタリーナからカモンイスへ

（彼が故郷を遠く離れ不在の間に死に瀕して、彼女の瞳の美しさを讃えた彼の詩歌に触れつつ）

一

戸口にあなたが入ることはないでしょう、
　私はもうずっと長く見つめてばかり。さようなら！
「**希望**」はひょっとしてという望みも取り上げてしまう。
　「**死**」が私の近くにいる――**あなた**はいない。
　　帰ってきて、ああ、愛しいあなた、
　　閉じて覆ってください、
この憐れな瞳を、あなたが詠んで下さったと、思う、
「古来比類なき甘美な瞳！」を。

二

私の青春の日々に、東屋で
　あなたがあの折り返し句を歌うのを聞いたとき、
他の讃辞は無視して
　ただあなたの、あの句だけを聴いていた――
　　心の中で奏でつつ
　　ただ唱えていた、
「祝福された瞳かな、我が瞳は、
「**彼の眼**」が見た中で最高に甘美な瞳ならば！」

三

でもすべてが変わる。この夕べ、
　太陽は冷たく戸口に照り下る。
もしあなたがそこに立つなら、あなたは囁いて下さるかしら、
「愛しい女《ひと》よ、愛しているよ」と以前のように——
　「死」が勢威をふるっている
　今、そして瞳を、暗く隠しているというのに？
あの過ぎし夕べにあなたが詠って下さった
古来比類なき甘美な瞳を。

四

然り。思うに、もしもあなたがその瞳の傍に、
　私の死の床近くにいらっしゃるなら、
あなたはその美しさを否定なさるけれど、
　そこに立つときは、見下ろしつつ、
　　間違いなく、
　　当然ながら詠んでくださるでしょう、
そこに認められた愛ゆえに、
「古来比類なき甘美な瞳」と。

五

そしてもしも**あなた**がそれらを見下ろし、
　そして**それら**が**あなた**を見上げるなら、
それらを先に通過してきた光すべてが

改めて集め戻されるでしょう。
　間違いなく、
　　当然ながらそれらは
愛によって変容されるでしょう、美の光輝へと、
「古来比類なき甘美な瞳」へと。

六

しかし、ああ、あなたが私を見るのは、
　ただ恋する男の想念の中でのみ、
恐らくは優しく微笑み、
　私の扇の揺れを通して夢見がちになって。
　　そして無意識のうちに
　　　繰り返すのです、
のどかな夢想にひたりつつ、
「古来比類なき甘美な瞳――」と。

七

他方で、私の魂は、押し黙り蒼ざめた
　私の肉体から身を乗り出し、
あなたの愛の中に私の悲しみを慰めてくれる
　優しい言葉を何であれ聴きたいと努めるのです。
　　ああ、我が詩人の君よ、
　　　来たりて愛を示したまえ！

来たりて、末期の愛から、見つけ出したまえ、
「古来比類なき甘美な瞳」を。

八

ああ、我が詩人の君よ、ああ、我が預言者よ、
　この瞳をかく讃美なさったとき、
あなたは考えたでしょうか、讃辞を歌いつつ、
　その美が近く消え行くかもしれない、と。
　　その瞳のきらめきから
　　あなたは想像なさったかしら、
墓がたちまち遮り隠すだろう、
「古来比類なき甘美な瞳」を、と。

九

返答はない。中庭に響くのは
　噴水のさえずる音のみ。
水が大理石に落ちるように
　私の心は呻き声をあげて
　　愛の溜息から
　　この臨終へと斃れる。
「死」は「愛」に先駆けして勝ち取るのです、
「古来比類なき甘美な瞳」を。

十

あなたは来てくださるかしら？　私が逝ってしまったときに、
　すべての甘美なものが隠される所へ、
私の心優しい君よ、あなたの声が
　どちらの目蓋も上げることはない所へ。
　　声をあげて泣きたまえ、ああ、愛する人よ、
　　「**愛**」は終わったのです！
大声で呼んでください、緑の糸杉[1]の下で、
「古来比類なき甘美な瞳！」と。

十一

アンジエラスの鐘[2]が鳴るとき、
　あなたは修道院の近くを歩き、
天使たちを私たちの会話に天下らせた
　合唱の歌声を思い出すでしょうか。
　　霊魂を免罪されて
　　私は「**天界**」を眺めた、
するとあなたは微笑んだ――　「この地上は穢れていますか、
古来比類なき甘美な瞳よ」

十二

宮殿の格子窓の下で
　ゆっくりと今までどおりに馬に乗り、
あの昔馴染みではない顔を

そこで見る時——
あなたはしばしば
優しく囁くでしょうか、
「ここでそなたらは朝な夕な僕を見つめていた、
古来比類なき甘美な瞳よ！」

十三　宮殿の貴婦人たちが、
あなたのシターン[3]の周りに座り、
「詩人よ、今は亡きかの女性のために書いた
あの詩歌を歌いなさい」と申し付ける時、
あなたは震えるけれど
誤魔化すでしょうか——
それとも涙を交えつつ、嗄れ声で歌うでしょうか、
「古来比類なき甘美な瞳」と。

十四　「比類なき甘美な瞳！」なんと甘美に流れることでしょう、
繰り返される韻律は！
あなたは百もの詩歌を詠ったけれど、
やはり最高の詩歌はこれでしょう。
私はそれを聞くことができるのです、
私の魂と

この世の雑音の間に入り込んでくるのを――

「古来比類なき甘美な瞳！」

十五　でも僧侶は祈りを待ち、
　聖歌隊はひざまずいています。
霊魂はこれよりももっと荘厳な歌曲に送られて
　去り逝かねばならないのです。
　　**ミゼレーレ**[4]
　　疲れ果てし者たちのために！
ああ、もはやない、カタリーナのためには、
「古来比類なき甘美な瞳！」は。

十六　私のリボン[5]をもっていてください、受け取って放さないでください、
（私は髪からそれをはずしました）
あなたがその形見に泣きくずれるとき、
　絶望の中にも一人きりではないと感じつつ。
　　なぜなら聖人にふさわしく見守り、
　　　天界から気弱になることなく
あなたの頭上に屈みこむでしょうから、
「古来比類なき甘美な瞳」が。

十七

しかし――しかし**今は**――まだ天界へと移し
　上げられてはおらず、この瞳は強くきらめき輝く。
「**愛するあなた**」、あなたは将来投げ捨てるかもしれません、
　私の過去のすべてを。
　　このような古風な詩句は
　　誰か胸中深く情を秘めた麗しい
女王のための讃辞でしょう――
「古来比類なき甘美な瞳！」

十八

我が瞳よ、そなたたちは何をしているのか。
　信義なく、不実なるかな――称讃されたのは誤りです、
もしも涙がそなたたちの虚飾なら、
「**彼の眼**」を期待して落とされたのなら！
　「**死**」は冷酷さのほかに
　大胆さも備えています、
もしもふさわしくない涙が卑しめるなら
「古来比類なき甘美な瞳」を。

十九

私は彼の未来を見守ります。
　私は彼の未来が輝くまで祝福します。
もしも万が一、私のよりも甘美な瞳に

彼が求婚者となるとしても、
　日光はその瞳をきらめかせよ、
　　天使たちはその瞳を保護せよ、
この世のどの瞳であろうとも、
**「彼の眼」**が見た中で比類なく甘美なもので**あれ**！

## 註

カモンイス（Luis de Camoëns, 一五二四／一五二五?～一五八〇）ポルトガルの詩人。叙事詩『ウズ・ルジアダス』（一五七二）の作者。ルネサンス期のヨーロッパを代表する最も優れた叙事詩人の一人。女王の女官であったドナ・カタリーナ・デ・アチャイデに寄せた恋愛抒情詩の作者としても知られている。彼は彼女への求愛ゆえに宮廷から追放された。身分の格差と貧窮が障害であった。そのため彼は王のムーア人征伐のためのアフリカ遠征に随行し、武勲をたてることで、宮廷復帰をはたしたが、カタリーナはすでに亡くなっていた。エリザベスは「レィディ・ジェラルディーンの求愛」（『詩集、一八四四年』所収）の中でもカモンイスの恋愛詩のリフレイン「古来比類なき甘美な瞳」を使っている（'Lady Geraldine's Courtship,' LVII, l.4 参照）ストラングフォード子爵によるカモンイスの生涯と作品の紹介は十九世紀初頭の恋愛詩の人気をかきたてた。エリザベスの若いころのアイドルであったバイロンもカタリーナとカモンイスのロマン化された話に言及している。

　この作品では斜字体、大文字ともに太字体で表記した。

**1**　糸杉　――「ダッチェス・メイの歌謡」註6参照。

**2**　アンジェラスの鐘　――カトリック、お告げの鐘。お告げの祈り（聖母に対する信心とキリスト降誕に対する感謝のため朝・昼・夕べに行う）の時刻を告げる。

3　シターン　――ギターに似た弦楽器。十六―十七世紀に流行した。

4　ミゼレーレ　――旧約聖書「詩篇」五一篇（Douay版では五〇篇二）、あるいはこの楽曲を指す。「あわれみ給え」の意味。

5　リボン　――カタリーナは臨終に際し、リボンをはずしてカモンイスへの形見として託した。

# 『詩集　一八五〇年』より

## 巡礼岬の逃亡奴隷*

一
私はいま、海辺に立つ、
　はじめて白人の巡礼者たちがひざまずいた跡に[1]。
流浪の亡命者たちはこうしてこの地の祖先となり
　自由の地にたどり着いたことを「神」に感謝した。
私は夜を徹して走ってきた。私の皮膚は夜のように黒い。
私はこの遺跡の上にひざまずき
　空と海とを見つめる。

二
おお、巡礼者の霊たちよ！　私はあなた方に話しかける。
　露のように蒼ざめた霊魂の国から
あなた方が誇らしげにゆっくりとやって来るのが見える。
　あなた方はくるり、くるりと私の周りを廻る。
おお、巡礼者たちよ！　あなた方の名を騙って罪を働き
苦しみを撒き散らす者が振りまわす鞭から

私はあえぎながら夜どおし走り逃れてきた。

三

あなた方がかつてひざまずいたこの地にやってきて
私もひざまずこう。こうして私の周囲で
あなた方の霊魂が大洋の轟きに合わせて低くうたうのを
聞きたいと思ったからだ。
あなた方が自由の名において祝福したこの地を
いまここで、私の黒い顔と黒い手をあげて
あなた方の名において、永遠に呪おうと思ったからだ。

四

私は黒い、私は黒い。
それでも「神」が私を造られたと、人は言う。
けれども、たとえ「神」の御業としても
「神」は微笑みをひっこめ、軽蔑の眼差しで
白い皮膚の人たちの足下に
その作品を投げ捨てたにちがいない、
黒い顔が踏みにじられて、また土に戻れと。

五

それでも「神」は、色薄きものたちと同様に
喜び楽しむように、黒いものたちを造られたのだ。
可愛い黒鳥は巣の中でさえずり

　ほの暗い小川はさざ波を立てて消えてゆき、
黒い蛙は安全な沼地でうたう。
最も甘美な星が最も暗い夜の顔の上を
　通るように定められている。

六

しかし黒い**私たち**は、私たちは黒い！
ああ、「神」よ、私たちには星が無いのです！
私たちの黒さは、苦悩と苦痛に包まれた私たちの魂を
　牢獄の格子のように閉じこめる。
哀れな魂は奥深くうずくまり
鉄格子を通して手をのばしても
　一つの慰めさえも見つけられない。

七

実際、私たちは御空の下に生きている。
　怖れや疑いから救うため
父のように「神の」子らすべてをおおい、
　あの大きな柔らかい「神の御手」が広げた御空の下で。
もしもみんなが、この低き地から真直ぐ上へ
「神」のお顔に向けて心を開くなら、怖れや不安は
　壮大な永遠の中へ吸いこまれるだろう。

八

しかも「神」の陽光や寒霜は
　私たちを暑がらせ、寒がらせる、
まるで私たちが黒くて失われたものではないかのように。
　獣や鳥たちも、森や檻の中で
私たちを正に人間とみなし怖れている。
峡谷にすむ山猫や夜鷹も
　私の目をのぞきこんで平然としておれようか。

九

私は黒い、私は黒い！
　しかし、一度は乙女らしい喜びに笑ったことがあった。
私と同じ色の青年が
　監督どもに追いたてられた道に立って、私を見た。
彼の眼差しはやさしく情がこもっていた――
奴隷が奴隷をあんなふうに見ることができるものだろうか――
　私は空と海とを見つめる。

十

そしてあの時から、私たちの心は自由にはばたいた、
　売られも買われもしなかったかのように。
おお、私たち二人が結びあったからには
　世界を征服できるほど強いのだ、と私たちは考えた。
監督どもに毎日毎日こき使われたが

私たちは気にしなかった。私たちは同じ道を進んだ。
　それ以上すばらしい自由は求めなかった。

十一

砂糖黍《きび》に囲まれた陽当りのいい場所で
　彼は通り過ぎざまに言った、「君を愛す」と。
雨に打たれた板葺き屋根が鋭い音をたてたとき
　彼が愛の誓いを固くたてるのを聞いた。
他の者たちが震えているのに彼は小屋の中で微笑んでいた、
ハリケーンの轟音が響いている間
　私にココ椰子の実をくり抜いてお碗を造ってくれたのだから。

十二

私は歌の代わりに彼の名をうたった。
　くり返しくり返し彼の名をうたった。
高く低く様々な調べにのせて
　私は彼の名を歌った――同じ名を、同じ歌を！
低い声でうたった、傍にいる少女の奴隷たちに
私の歌がある名前――ある名前にすぎないことを
　決して悟られることがないように。

十三

私は空と海とを見つめる。
　私たちは愛しあい、祈りを共にする二人だった。

そう、おお、「神」よ、「あなた」に呼びかける二人だった。
「あなた」は何もおっしゃらなかったが！
「あなた」は冷淡に太陽の後ろに隠れて坐っておられた。
いま、一人ぼっちの私は叫ぶ、
「あなた」は今日この日も話しては下さらないと。

十四

私たちは黒かった、私たちは黒かった。
私たちに愛情や祝福を求める権利は無かった。
二人が破滅しても何の不思議があったろう。
人々は彼の手から私の冷たい手を引き離し
彼を引きずって行ってしまった——何処へ？　私は這って行き
土に残った彼の血痕に触った……多くは無かった、
あなた方巡礼者の霊たちよ、**こんなに**はっきりしているのに！

十五

不正に、更にひどい不正が続いた！
私のような者には単なる悲哀などけっこうすぎるもの。
だから白人たちは、私が悶え、すすり泣くのを止めさせようと
間もなく恥辱を加えたのだ。鈍い濡れた目をしているからといって
私をうち捨てておいてはくれなかった！——
私が無垢の涙を流しつつ死を迎えることは
慈悲がすぎるというものだった。

十六

私は黒い、私は黒い！
　私は胸に子供を抱いていた、
だらりとぶら下がるお守りのように。
　私の不安の中で、子は安らぐことはできなかった。
このように子と母は呻きながら生きてきた。
子が母に、母が子に、互いに呻きあいながら
　ついには万事めでたしと終るまで。

十七

なぜなら聞け！　そっとあなたに話そう。
　私は、ご覧のとおり、黒い――
私の胸にこうして抱かれた赤ん坊は
　とても白かった、私の子にしては余りにも白かった。
ほんの昨日、教会で、私の傍で祈るのを
潔しとしなかったご婦人たち同様の白さだった。
　私が膝をつく場所は涙で浄めたはずなのに。

十八

私の子、まぎれもなく私の子！　しかし
　この子をまともに見ることはできない。この子の顔は
それほどまでに白かった。私はこの子を
　頭巾でおおってやった。この子の顔をぴったりとおおってやった。
この子は呻きもがいたが、当然のことだろう。

なぜなら白人の子は自由を求めるのだから――
　ハハハ！　あの子は親方の権利がほしかったのだ。

十九

あの子は呻き、頭や足をばたつかせた、
　決して大きくならない小さな足を。
あの子はその足でけり始めた、
　似つかわしいことだが、私の胸を突き破るために。
私は歌をうたっておとなしくさせればよかったかもしれない。
しかし、私は、私の知っているあの唯一の歌を
　白い顔の子にうたってやる気にはなれなかった。

二〇

私は頭巾をぴったりとかぶせた。
　あの子は、誓っていうが、あの時、生きたままで、
太陽を見ることはできなかったろう。今、
　マンゴーの根元から見ている以上には……
どこだって？　私はどこか知っている。
すぐ近く！　母と子は、一方が黒で他方が白い時、
　お互いを見交わすことは不正を働くことになる。

二一

何故なら、あの子の顔を一瞥した……
　あなた方にすべてを話すが、私はその一瞥に

私を狂わせた顔つきを見たのだ！
**親方の**顔つきを……私の魂に
鞭のように降りかかったもの、いや、もっと酷いものを！
だから、私の呪いから救ってやろうと
私はショールの中であの子の首をひねってやったのだ。

二二

あの子は呻き、全身を震わせた。
あの子は足の先から頭のてっぺんまで身を震わせた。
しばらくすると、あの子は突然
ぴくりとも動かなくなり、静かに横たわった。
硬直し冷たくなっていくのを、私は傍で感じた。
マンゴーの葉をそっともち上げるように
私は思いきって布をめくった。

二三

しかし**私の**果実は……ハハハ！
（いま、そのことを考えると私は笑ってしまう！）
——そこには、あなた方の美しい白人の天使たちがいた。
（天使たちは「神」の力の秘密を近くで見たことがあるという）
天使たちは葡萄酒をつくるために、私の果実をもぎ取り
私のあの子の魂を吸い取ってしまったのだ、
蜂鳥が花の魂を吸い取るように。

二四　ハハハ、白人の天使の陰謀《たくらみ》！
　天使たちは白人の子の霊をそのように解き放った。
私は一言も発さず、昼となく夜となく
　その子の亡骸をあちこちへ持ち運んだ。
それは私の胸の上に、石のように冷たく横たわっていた。
――太陽は存分に照りつけるがいい。
私は寒い、あれは一ヶ月前の出来事だというのに。

二五　白人の屋敷から、黒人の小屋から
　どんどん私はあの小さな亡骸を運んでいった。
森の大枝が私たち母子を包みこみ
　木々の間を沈黙が走りぬけた。
木々は私が通っても何も尋ねはしなかった。
余りに高く聳え立つがゆえに私に驚くこともなく
「神」が「神」の玉座に坐るのを見ることができたのだ。

二六　私は小さな亡骸をしっかり頭巾でおおい
　森の奥へと運んでいった。
ついにその子が疲れたと感じたとき
　月下に穴を掘った。
森の頂を通してかなたの天使たちは

どの星からも白い鋭い指で
　為されたことを指さし、嘲笑った。

二七
しかし万事が手落ちなく終り
　土が、私と私の赤子の間に、撒かれ――
すべてが黒い土となり――何一つ白いものが見えなくなった――
　黒い子は暗黒の中に納まった！　――
すると、安らぎが訪れ、私の心は若くなった。
私は微笑みながらそこに坐り
　娘時代におぼえた歌をうたった。

二八
このようにして私たち二人は和解した、
　白い子供と黒い母親は、このようにして。
なぜなら私が優しく狂おしく歌をうたったとき
　私が坐っていた墓から
調べもさらに美しい同じ歌が響いてきたからだ。
それは死んだ子があの歌をうたっていたのだ。
　そして私たち二人の魂は一つに溶けあった。

二九
私は空と海とを見つめる。
　巡礼者たちの船団が初めて錨を下ろして泊まった所に

自由の太陽が燦然と上る。
　しかし巡礼者の霊たちは
暁の最初の光から抜けだし消えてしまっていた。
私の顔は黒い、しかし侮蔑の光に輝く。
　巡礼者の霊たちは白昼にこの私の顔を見る勇気はないだろう。

三〇

おやおや！　――巡礼者の霊の代わりに人狩りの息子たちが来た！
ほらほら！　彼等は私に襲い掛かる――輪になって狩り立てる！
近寄るな！　私はお前たちみんなを一度に相手にする。
　ひりひり刺す蛇のように、お前たちの眼を睨みつけ、投げ捨てる。
お前たちは巣篭もり中の黒鷲を殺したのだ、と私は思う。
お前たちは、今までに、勝利を得ながらも立ちすくみ、
　傷ついた翼の一撃にひるんだことがあったたか。

三一

（こらっ、不敵にも拾い上げたその石を捨てよ！　――）
　そこに五人並んで立つお前たちが、一人一人
お前たちの女房にはうれしい贈り物となるために
　マンゴー林の私の子と同じ様に
ちっぽけな死体となって安らかに眠ればいいのだが！
そうだ、しかし**お前たちの女房**は生きている赤ん坊を膝にのせ、
　一番好きな歌をうたうかもしれない。

三二

私は狂ってはいない。私は黒い。
　お前たちがじっと私の顔を見つめているのは、分かっている――
お前たちが後退りしながら見つめているのも、分かっている。
　お前たちはワシントン族の生まれ、
ここは自由の国アメリカだ。
私の手首のこの傷跡は――（私の言うことは事実が証明する）
　縛り上げられ、鞭打ち場までひったてられた跡なのだ。

三三

その時私が金切り声をあげたとでも思うか。物音一つなし！
　私はぶらさがった、瓢箪がひなたにぶら下がるように。
私は周囲の男たちを呪ったにすぎない、
　私の愛し子に対するようにそっと低い声で。
この砂浜から山々へむけて
こぶしをふりあげよ、おお、奴隷たちよ、
　私が着手したことを成就せよ！

三四

鞭、呪い――呪いは鞭に応酬せねばならない！
　なぜならこの「連合国《ユニオン》」[2]において、お前たちは
憎みあう二種類の人間を
　敵対する戦列に並べたのだ。お前たちみんなは
「キリスト」の白い肉体に刻まれた七つの傷[3]のことを忘れている。

「キリスト」は、負債を支払うことのない私たちの無数の傷が
　到る処で口を開けているのを、見ているのに。

三五　私たちの傷は違う。お前たち白人たちは
　やはり、実際、神々ではないし、「キリストたち」にもう一度
血を流させて善き行いをさせることもできない。
　血を流す**私たち**は、（離れておれ！）
私たちは死んでも役にたたない！
**私たちは**十字架にかかるには重すぎ
　倒れてお前たちやお前たちの末裔《すえ》を押しつぶすのだ。

三六　私は倒れる、気が遠くなる！　私は空を見つめる。
　雲が私の脳天の上に砕けている。
私は漂っていく、
　まるで自由の絶妙な痛みゆえに死んでいくかのように。
私たちが口づけをして同意しあえるかもしれない死の暗黒の中で、
私を待っている皮膚の白い子の名において、
白人たちよ、お前たちを呪詛しないでおく、
　私は悲嘆に暮れつつも、侮蔑をこめて！

**註**　この奴隷制反対の詩はアメリカの出版物『自由の鐘』（*The Liberty Bell*）のために書かれたもので、一八四八

年、ボストンの奴隷制反対のバザーで売られた。エリザベスはボイド氏（Mr. Boyd）宛の手紙に「アメリカ人が出版するには、多分、残忍すぎるでしょう。でも、詩を書いてくれと依頼してきたのですから、受け取ってもらいます」と書いている。

1　一六二〇年メイフラワー号で渡米した英国清教徒団が初めて上陸したといわれるプリマスの岩のことであろう。

2　註冒頭で言及した *The Liberty Bell* 誌上ではアメリカ合衆国の意で大文字でUNIONとしるされていた。アメリカ史では南北戦争時は北軍を意味していた。

3　キリストの七つの傷　――キリストが磔刑に処されたおり、鞭打たれたこと（一）、さらに茨の冠をかぶせられたこと（一）、および十字架の上に五体の身体を張りつけにされたこと（五）をあわせ、七つの傷という。

# 『ポルトガル語からのソネット集』一八四七年〜一八五〇年

一

私は、かつて、テオクリトス[1]が甘美な歳月のことを、なつかしい、憧れやまぬ歳月のことを
どのように歌ったのかしら、と考えたことがありました。
その歳月の一つ一つが、慈悲深い手で、老若を問わず死すべきものに
贈り物をたずさえて現れるようなのです。
そして、私が彼の古代の言葉でそのことを思いめぐらすとき、
私の涙を通して次第に現れる幻の中に、
甘美で、哀しい歳月、憂愁に包まれた歳月、
私自身の人生の歳月をみたのです。　その歳月はかわるがわる私に
とある影をなげかけたのでした。ただちに私は、そんなに泣き濡れながらも
気づいたのでした、不思議な姿が私の背後で動き
私の髪を掴んでひきずり戻すのに。
そして、ある声が権威を持って言ったのです、私は抗《あらが》ったのですが——
「さあ、誰があなたを掴んでいるのか当ててみよ」と——　「死」と私は言いました。しかし、
そこで、銀鈴を振るような答えが響きました——　『死』ではない、『愛』だ」と。[2]

二

でも、神の森羅万象の中で、ただ三人だけが
あなたのおっしゃったこの言葉を聴いたのです——
話しているあなたと、聴いている私のほかには、「神ご自身」！　そして答えたのは

私たちのうちの一人……それは「神」でした……そして私に罰を与え、
あなたを見られなくするほどの暗い呪いを
私の瞼の上に架けられたのです――そのため、もし私が死んでいたとしても、
死の重荷[3]でさえも、そこではそれ程絶対的な締め出しを
意味することにはならなかったでしょう。「神」からの「否」は
ほかのすべてのものが発するよりも、由々しいものなのです。ああ、わが友よ！
人が俗世の雑音で私たちを引き離すことはできません、
また海が私たちを変えることも、嵐が撓めることもできません。
私たちの手は山なす障壁にもかかわらず触れあうことでしょう、
そして、最後には私たちの間で天が運行するのですから、
運命の星ゆえにそれだけいっそうかたく、愛を誓うべきなのです。

三

なんと違うのでしょうか、私たちは、ああ、王侯の「心」の持ち主よ！
私たちの習性も運命もなんと相似るところが少ないことでしょう。
私たち二人の守護天使[4]も
その翼をすれちがいざまに打ち合うとき、
驚いてお互いを眺めあっています。
お考え下さい、あなたは社交界の華麗さにぴったりの
女王さまがたの客であり、まさに涙で光る私の眼よりも
きらきら輝く百もの眼から挑戦を受けて
主奏者の役割を演じられるのです！　あなたは何をしようというのですか、

格子造りの明かり取り窓から私を、
哀れな、疲れ果てた、さまよえる歌人の身を見たりして――
暗闇を通して歌い、糸杉[5]に身を寄せ掛けて歌っている身を?
あなたの頭上には戴冠の聖油――私の頭上には死の露――
そして「死」はこれら二つが一致する平らな地を掘るに違いありません。

四

あなたにはいずれかの宮殿にお召しがございます、
高邁な詩歌のきわめて優れた歌人であるあなたには! そこでは
踊り手たちもステップを乱すことでしょう、
さらに多くを求めて、あなたの詩想豊かな唇を見つめることに気をとられて。
それなのに、あなたは外されるのですか、あなたの手には
余りにも貧弱な、この家の掛け金を? それに、あなたの調べが
ここに、知らぬ間に、幾重にも重なる豊かな黄金の襞となって、
私の戸口に落ちるがままにするのに耐えられるとお思いですか。
目をあげて、押し開けられた窓をご覧下さい、
屋根裏に巣喰う蝙蝠《こうもり》や小さな梟《ふくろう》たちを!
私の蟋蟀《こおろぎ》はあなたのマンドリンに対抗して、か細い声で鳴くのです[6]。
しっ、静かに! 谺《こだま》を呼ばないで! 侘しさをいっそう証明するだけですから。
奥ですすり泣く声がします……あなたが一人で離れて歌わねばならないのと同じように、
泣くのです……一人で……離れて。

五

私は重い心を厳粛に持ち上げます、
かつてエレクトラ[7]が納骨壷を持ち上げたように、
そして、あなたの眼を覗き込みつつ、その灰を
あなたの足元に残らず散らすのです。よくご覧になってください、
私にはどんなに大きな哀しみの山が隠されていたかを、
また灰色の薄闇を通して赤い荒々しい火花が
かすかに燃えるのを。もしもあなたの足が侮蔑をこめて
その火花を踏み消して完全な闇にできるなら、
恐らくはそれでいいのかもしれません。でも、もしもそうするかわりに
私のそばで、風がその灰色の粉を吹き上げるのを
待って下さるとしても……ああ、「最愛のあなた」、
あなたの頭上の月桂冠は、火の粉一つとてその下の髪を焦がしたり
縮らせたりはさせまいというほど、あなたを守ってはくれないでしょう。
ですから、もっと離れてください！　去ってください。

六

私から去ってください。でも私は感じています、
これから先はあなたの影に包まれるのであろうと。もはや二度と
一人暮らしの家の戸口で、一人きりで、
自分の魂を自由自在に操ることはないでしょう。
また、これまでのように、心静かに陽光に手をかざすこともないでしょう、
私が忍んでゆるしたこと――

掌に触れたあなたの感触を
かならず意識することになるでしょうから。
運命が、私たちを引き離すために、どんなに広大な土地で隔てようとも、
あなたの心は私の心の中に残って、ともに二重の鼓動を打つのです。
私の為すことも夢みることもあなたを含んでいます、
葡萄酒はその原料の葡萄の味がするにちがいないように。
「神」に私自身のことをお願いする時、「神」はあなたの名をお聞きになり、
私の眼の中に二人の涙をご覧になるのです。

## 七

全世界の相貌は変えられていると、私は思います、
あなたの魂の足音が私のそばでそっと、
ああ、そっと動くのを初めて聞いて以来です。
あなたの足取りは、私と明白な死という怖ろしい外縁との間に
忍びこんでいました。そこで沈むと思ったのに、私は
愛の中へと抱き上げられ、新たなリズムによる
生のすべてを教えられました。「神」が洗礼のために与えられた
運命の杯を、私は喜んで飲み干し、「最愛のあなた」、
傍らのあなたと共に、その甘やかな味わいを称えます。
祖国、天国、という名も、あなたが今、あるいは今後いらっしゃる所、
彼処あるいは此処に取り替えられます。
そしてこれは……このリュート[8)]と歌は……昨日愛されたものですが、

（歌う天使たちは知っています）あなたの名が
まさしくそれらの中に流れているからこそ、愛しいのです。

八

私は何をお返しできるでしょうか、ああ、気前よく
王侯のごとく与えてくださるあなた。
汚れなく計り知れないあなたの心、その黄金と紫衣[9]をもってきて、
壁の外側に、思いもよらないほど潤沢に
置いてくださいました、私のような者に、
受け取るなり、そのままうち捨てておくなりせよと。
これら数々の貴重な贈り物に何一つお返しをしない私は
冷たい恩知らずなのでしょうか。
そうではないのです、冷たいのではなくて――ただ余りにも貧しいのです。
ご承知の「神」にお尋ね下さい。というのも時をおかず流れる涙が
私の生命《いのち》から色を消し去り、生気のない蒼ざめたものにしたのです。
あなたの頭には枕として差し出すにもふさわしくないもの。
もっと遠くへ去ってください！　こんな生命は踏みつけるのに役立ててください。

九

私に差し上げられるものを差し上げるのが、正しいことでしょうか。
私の涙のような辛いものの流れる下にあなたを坐らせ、
ため息をつく歳月が、私の唇の上でまたもため息をつくのをお聞かせすることが。
私の唇は自らを捨てていて、たまさかの微笑も、

あなたの懇願にもかかわらず、たちまち消えてしまうというのに？
ああ、私は心配です、こんなことが正しいはずはありません！
このように恋人になるには、私達は対等ではないのです。
私のような贈り物をする者は
吝嗇な人とみなされるにちがいないことを
私自身が認め、悲しむのです。ああ、去ってください！
私の屍であなたの紫衣を汚したくないのです。
また、あなたのヴェニスガラス[10]に私の毒を吹きかけたくないのです。
また、どんな愛も差し上げようとは思いません――それは不公平というものでしょう。
「最愛のあなた」、私はただあなたを愛するのみ！　うち捨てておいてください。

十

でも、愛は、ただ愛であるというだけで、本当に美しく、
受け取っていただく価値のあるもの。炎は輝くもの、
神殿をあるいは亜麻を燃えるにまかせてください。
杉材からも雑草からも炎となって同等の明るい光が跳ねるもの。
そして愛は炎なのです。私がまさかの時に
**あなたを愛しています**、と……いいですか、
**あなたを愛しています**、と言う時――あなたの目の前で
私は変貌をとげ、正しく栄光を与えられ、私の顔からあなたの顔へと
流れる新たな光を意識して、立ちます。愛の中には卑しいものは
何もありません、愛がもっとも低級な時でさえも。

「神」を愛するもっとも卑しい生物でさえも、愛するからには、
「神」は受け入れ給います。ですから私の**感じている**ことが、
私の**現し身**の劣悪な容貌を超えて、自らをきらめかせ、
「愛」の偉大な働きが「自然」の働きをいかに高めるかを、示すのです。

十一

ですからもしも愛することが功績になり得るなら、
私もまったく価値がないというわけではありません。
ご覧のように、この蒼ざめた頬、
重い心という重荷を支えられずに震える膝、——
かつてはエイオーナス山[11]に登るために腰帯を締めていたのに、
この疲れきった歌人の生《いのち》は、今では谷間の小夜鳴鶯《ナイチンゲール》に負けまいと、
愁い深い調べを細い声で歌うのにもほとんど役に立たない
——何故こんなことを言っているのでしょうか。
ああ、「最愛のあなた」、明らかなのです、
私があなたの価値にもあなたの地位にもふさわしくないことは！
でもやはり、私はあなたを愛していますから、その同じ愛から
私を擁護してくれるこの恩寵を手に入れるのです、
なおも愛の中に生き続け、それでいて虚しい……
あなたを祝福しながら、でも面とむかってはあなたを放棄する、という恩寵を。

十二

本当に私の誇りであるまさにこの愛は、

胸から額へと昇り現われる時、人の目を引きつけ、
内に潜む値の高さを証明するのに充分な
大きなルビーの冠を私に戴かせるのですが――
私の価値すべてであるこの愛さえも、最大限にまでそそいで
愛することを私はしないでしょう、もしできるとすれば、
それはあなたが模範となってくださっているからです。
初めてあなたの熱意こもる眼が私の眼と見交わされ、
愛が愛を呼んだ時、どうすべきかを示してくださったからです。
このように、私は愛についてさえ、私の所有する良きものとして
語ることができないのです。あなたの魂は、まったく力なく弱々しい私の魂を
不意につかみ、あなたのお傍の黄金の玉座に据えました――
私が愛するということは（ああ、魂よ、私たちは謙虚であらねばなりません！）
あなたによってのみ存在するのです。そのあなたを私はただ愛するのみ。

## 十三

私があなたに抱いている愛を、意に添うに足る言葉を見つけて、
あなたは私に語らせたいと思っていらっしゃるのでしょうか。
そして、風が吹き荒れているのに、私たちの間に灯火をかかげて
互いの顔を照らしたいとお望みですか――
私はそれをあなたの足元に落としてしまいます。私にはできません、
魂をわが身から離していなさいと、わが手に教えることは――
届きえぬほど深く私の中に秘められた愛の証を、

言葉で申し上げねばならないほど遠く、私から離していなさいとは——
いいえ、私の女性としての慎みが黙しているのを、
私の女性としての愛の証と信じて下さいますように——
どんなに求愛されても私はその愛に応えず、
この心にひと触れされるだけでもその哀しみを伝えるのではないかと、
きわめて剛胆な、声も出さぬ不屈の精神で、要するに、
私の生の衣を引き裂いているからには。

## 十四[12]

もしもあなたが私を愛さずにはおられないというのなら、他の何のためでもなく
ただ愛のためにのみ愛してください。ゆめ、言わないでください、
「僕は彼女の微笑ゆえに彼女を愛するのだ——彼女の目つき——
彼女の優しい話し方——僕のとぴったり一致していて、
このような日には確かに快い安らぎをもたらしてくれた
独特の考え方ゆえに」などとは——。
なぜなら、「最愛のあなた」、このようなものはそれ自体
あなたのために変えられたり、変わったりするかもしれません——そして
そのようにして生まれた愛は、そのようにして消え失せるでしょうから。
また、私の頬を拭って愛おしく憐れんでくださるからといって
愛することもしないで下さい——長い間、あなたの慰めを受けた私は
泣くことも忘れ、そのためにあなたの愛を失うことになるかもしれませんもの！
愛のために私を愛してください、愛の永劫を通して

あなたが永遠に愛し続けられることができるように。

十五

お願いですから、私を責めないでください、
私があなたの前で余りに平静で悲しげ気な顔をしていると。
というのも、私たち二人は二つの別の方向を見ていて、
額や髪に同じ陽光を受けて輝くことはできないのですから。
あなたは何の疑念もなく安心して私を眺めておられます、
水晶の中に閉じこめられた蜜蜂を見るように[13]。
悲しみが私を愛の聖所に閉じこめてしまったのですから、また、
たとえ私が失敗すると知りつつ奮闘してみても、
翼を広げて外の世界を飛ぶことは、とてもありえない失敗行為でしょうから。
でも私はあなたを眺めます――あなたを――
愛のほかに、愛の終末を見つつ、
記憶のかなたに忘却を聞きつつ、
河川が苦い海へ注ぐのを
天上に坐して凝視する人のように。

十六

でもしかし、あなたはこのように勝利を占める方ですから、
より気高く、王様のような方ですから、
あなたは私の不安を打ち負かし、私の周りに
あなたの紫衣を投げかけることができます。ついには私の心は次第に

あなたの心にぴったり寄り添い、これから後は、一人の時に
それがどのように震えたかも分からなくなるでしょう。ああ、征服することは
下へ押しつぶすのと同じように、上へ持ち上げることにも
王者にふさわしく、完璧なることだと判明するでしょう！
そして征服された兵士が、血塗られた大地から
抱き起こしてくれる人に自分の剣を差し出すように、
まさにそのように、「最愛のあなた」、私はついに記します、
ここに私の抗いも終わると。もしあなたが私を誘い出して下さるなら、
そのお言葉で私は屈辱感を乗り超えて立ち上ります。
あなたの愛をいっそう大きくし、私の価値を増大させてください。

## 十七

わが詩人の君よ、あなたは、「神」が「過去」と「未来」との間に
設けられたすべての音色に触れて、
めまぐるしい人の世の常のどよめきをうち消すことも、また
晴朗な大気の中を清らかに漂う音の調べを
奏でることもできるのです。寄る辺なく絶望の極みにある
人間に役立つようにと、癒し薬を含む音楽という解毒剤を、
その調べから人々の耳へとあなたは注ぐことができるのです。
「神」の御心は、あなたの詩をそのような目的に、
私の詩をあなたの詩に仕えるように、献身させるのです。
「最愛のあなた」、私がもっともお役に立つにはどうお仕えすればいいのでしょうか。

喜んで歌う気分に誘われる希望として？　あるいは
あなたの詩が混入した美しくも哀しい思い出として？
その中に身を寄せて歌う——棕櫚や松の木陰として[14]？
歌うことを止めてその上で憩う墓石として？　——選んでください。

十八

「最愛のあなた」、私はかつて男の方に髪を差し上げたことは
「いちども」ございません、あなたに差し上げるこの一房を除いては[15]。
それを今、私の指で、思いにふけりつつ
栗色の髪の長さいっぱいにほどいて、申します、
「受け取ってください」と。私の青春は昨日去りました。
私の髪はもはや足のはしゃぎに合わせて跳ねることはなく、また、
乙女たちのように、髪に薔薇や銀梅花[16]を植えて飾ることも、
もう私はいたしません。私の髪は今はただ
蒼ざめた両頬の涙の跡を隠すだけでしょう、
悲しみの習性で傾《かし》ぐ頭から垂れ下がるように教えこまれて。
お弔いの遺髪鋏がこの髪房を最初に切り取るのだろうと、
私は思っていたのです。でも「愛」のためなら許されます——
受け取ってください——母が亡くなる時ここに残した接吻が
いく年も経てなお清らかであることがお分かりになるでしょう。

十九

魂のリアルト橋[17]にも取り引きの品があります。

私はその市場で巻毛の交換を行い、
わが詩人の君の額から私の胸に受け取るのです、
財貨を満載した大商船隊より価値の高い、この巻毛を――
その昔ピンダロス[18]の眼に映った髪房のように、九人の「女神《ミューズ》」[19]の白い額を
覆ったほの暗い紫色の髪のように紫がかって黒いこの髪房を。というのは、
この対の髪房には……「最愛のあなた」、月桂冠の陰が
なおも残っているのだ、と思うのです。あなたの髪房は、そんなにも黒いのです！
なめらかな接吻の息という紐で、私はその陰を結んで、
いつしか消え失せることを防ぎ、この贈り物を
何も妨げるもののない所にしまうのです、
ここの私の胸の上に。私の心臓が死んで冷たくなるまでは、
あなたの額の上にあった時と同じように、自然の温みを欠くことのないように。

## 二〇

「最愛の方」、「私の愛しいあなた」、
あなたが一年前にもこの世にいらっしゃったことを思う時、
その頃、私はここで雪に埋もれて一人坐り、
人の足跡を見ることはなく、あなたの声でその静寂が
一刻とて破られるのを耳にすることもなく、一環、また一環と
私を縛る鎖の環を数えていたのです。
あなたの手からどんな打撃が打ち下ろされようと、
その鎖がはずれ落ちることなどありえないかのように――

まあ、それなのに、このように私は人生の驚異の大杯を飲むのです！
不思議です、あなたのご本人の行為や話で、夜となく昼となく
わくわくさせてくださるあなたをまったく感じないとは——
また、あなたも成長していくのをご覧になった白い花で
あなたについて何らかの予知[20]を摘み取らないとは！　無神論者も同じように鈍感です、
彼らは目に見えない「神」の存在は察知できないのです。

# 二

もう一度おっしゃって、さらにもう一度、
本当に私を愛していると。あなたがその言葉を繰り返される時、
たとえそれが「郭公の歌」[21]のように思われようとも、思い起こしてください、
郭公の調べがなくては、丘にも平原にも、谷にも森にも、
緑にすっかり包まれた爽やかな春は、決して訪れては来ないことを。
「最愛のあなた」、暗闇の中で、おぼつかない霊魂の声に
呼びかけられた私は、その疑惑の苦しみの中で叫ぶのです、
「もう一度おっしゃって——私を愛している！」と。
どの星も天空をめぐり、また、どの花も年ごとに美をそえるけれど、
星が多すぎる、花が多すぎると誰が不安を抱くでしょうか。
おっしゃってください、私を愛している、私を、私を愛していると——
銀鈴を振り鳴らすように繰り返して下さい！——ただ、「あなた」、心してください、
黙ってあなたの魂で私を愛してくださることも。

二二

私たち二人の魂がまっすぐ、力強く立ち上がる時、
顔と顔を向かい合わせ、黙って、近く、さらに近く相寄り、
伸びてゆく翼がそれぞれ曲線を描く点で
急に炎となって燃え上がる時[22]、――この世が私たちに
どんな不当な仕打ちを加えることができましょうか、
私たちがこの世で長く満ち足りて安んじていてはならぬ、などと。
考えください。天使たちは、高く天翔りつつ、私たちに迫り、
私たちの深く切実な沈黙の中へ、完璧な歌というある黄金の宝珠を
落としたいと願うことでしょう。「最愛のあなた」、
むしろこの世に留まりましょう――ここでは、人間にふさわしくない、
反発しあう気分は後退してゆき、
純粋な精神を分離し、一日の間、
立ち、愛しあう場所を与えてくれます、
暗闇と死の刻限は周囲を巡っているけれども。

二三

ほんとうにそうでしょうか。もしここに私が死んで横たわれば、
あなたは私の死に別離の悲しみを感じてくださるでしょうか、
そして私の頭の周囲に落ちる墓石の露ゆえに、
太陽も、あなたにとってはいっそう冷やかに輝くことになるのでしょうか。
「最愛のあなた」、お手紙の中にそのようなあなたの想いを読んだ時、
私は驚いてしまったのです。私はあなたのもの――

でも……あなたにとって私はそんなにも大切な存在なのでしょうか。
私にあなたの葡萄酒を注ぐことができるのでしょうか、
手が震えているのに。それなら私の魂は
死を夢みる代わりに、もっと卑近な生を再び営むことに致します。
ですから、私を愛して下さい、「愛しのあなた」！　私を見て――息を吹きかけてください！
華やかな貴婦人方が、愛のためなら、財産や身分を捨て去ることも
奇妙なことと思われないように、私は、あなたのために、死を断念し、
私には近しい「天国」への甘美な想いを、あなたと共にいるこの世と交換することに致します。

二四

この世の鋭い刃は、折りたたみナイフのようにたたまれ、
今はやさしく温かい、この「愛」の手の中にしっかり握られて、
害を及ぼすことがあってはなりません。
そして掛け金の締まる音を最後に、
人の世の争いの雑音は聞かないように致しましょう。生命相寄って――
「愛しのあなた」、私は心安らかにあなたに寄りかかり、
俗人の中傷の棘に対しても、
魔法の力で守られているかのように、
安心しきっています。俗人は、どんなに多くとも、傷つける力は弱いのです。
私たちの生という百合は、その根から
花を咲かせることを保証してくれるでしょう。
その根は、花の数に劣らず降りる天の露だけを受けて、

まっすぐ、世人の接近を排して、丘の上に伸びるのです。
私たちを豊かにし給うた「神」だけが、私たちを貧しくすることもできるのです。

## 二五

「最愛のあなた」、あなたのお顔を見るまで、私は
一年また一年と「重い」心を担ってきたのです。
そして哀しみが次々と、紐に通した真珠のように、
軽やかに身に着ける自然な喜びのすべてに
取って代わったのです。真珠の玉は、ダンスを踊る時、
高鳴る胸の鼓動に代わるがわる引き上げられるもの。
希望もたちまちに長く続く絶望に変えられて、「神」の恩寵さえも
寄る辺のないこの世から私の重い心を引き上げることは、
ほとんどできませんでした。その時、**あなた**が命じられたのです、
その心を持ってきて、落ち着いて偉大な深いあなたに
託して下ろせよと！　急速にそれは沈みこみました、
それ自体の本性が落下を速めているかのように。
一方、あなたの心は上方で閉じて私の心を包み込み、
星たちと未だ完結しない運命との間で調停をしてくださったのです。

## 二六

私は、過ぎた幾歳月も、世の男女の代わりに
幻影を友として暮していました。
それら幻影をやさしい仲間と思い、それら幻影が奏でる以上に

甘美な音楽を知ろうとは、思いませんでした。
でも間もなくそれらの裾をひく紫衣もこの世の塵芥を免れず、
その奏でるリュートの音も絶えてしまい、
私自身もめまいを起こし、消えゆく幻影たちの眼の下で
盲目になっていきました。その時、「**あなた**」が来てくださったのです――そして
「最愛のあなた」、幻影がそのように見えていたものに、なってくださいました。
幻影の輝く額、歌、光彩、（ちょうど聖水盤に浄め注がれた川水のように、
同じものながら、より良きもの）が、
あなたの中で合流し、あなたから流れ出て、
すべての望みを満たして私の魂を征服しました。
なぜなら「神」の贈り物は、人間の最高の夢さえも恥じ入らせるのですから。

## 二七

「私の最愛のあなた」、あなたは、私が投げ出されていた
この侘しく味気ない大地から私を抱きあげ、
懶《ものう》い巻き毛の間に生命の息吹きを吹きこんでくださいました。
そしてついには、すべての天使たちが見るように、
あなたの救いの接吻を受けて、
額は再び希望に満ちて輝き出したのです！　私のあなた、最愛のあなた、
あなたは、もうこの世もこれまでとなった時、私の許に来て下さいました。
ただ「神」のみを捜し求めていた私は、見出したのです**あなた**を！
私は今あなたを見つけています、安心し、強くなって、喜んでいます。

露の置くことのないアスフォデル[23]の中にたたずむ人が
天国で過ごした退屈な時間を振り返りみるように——
そのように私は、満腔の想いをこめて、
善と悪との中間にあるこの地上にあって、証言致します、
「愛」は、「死」と同じ強さがあり、その上復活させもするのだと。

## 二八

私宛の手紙！[24] すべて、もの言わぬ、生気の失せた白い紙にすぎません！
にもかかわらず私の臆病な手には、生命が通い、
うち震えているように思えます。
今宵、私の手はその紐を解き、膝の上に落とします。
この手紙は[25]伝えました——彼は、友人として、
一度会いたいと願っていると。これは[26]春のある日を決めていて、
その日に来て私の手にお触れになった……ささいなこと、
でも私はそれゆえに泣いたのです！ ——これは[27]……紙は軽いけれど……
告げたのです、**愛しいひと、あなたを愛しています**と。私は頽《くずお》れ、戦慄《わなな》きました、
神の未来が雷鳴となって私の過去の上に轟いたように。
これは[28]語りました、**僕はあなたのものです**と—— それでインクの色が
早鐘のように打つ私の胸に納められて、褪せてしまいました。
そしてこれは……ああ、「愛」、もしも私が最後に敢えて
この手紙の言葉を繰り返すなら、あなたの言葉も効力を失ってしまうことでしょう！

二九　私はあなたのことを「思っています！」――私の想いはあなたに纏いついて
芽吹くのです、ちょうど野生の蔓草がとある木に纏わりつき、
葉を広げ、まもなくその木を隠す
伸びはびこった緑以外は、何も見えなくなるように[29]。
でも、ああ、私の棕櫚の木[30]とも仰ぐあなた、分かってください、
慕わしく、より優れたあなたのことをさしおいて
私のことを想う気持はありません！　むしろ、今すぐにも
あなたの装いを新たになさってください。強い木なら当然するように、
大枝を揺すって幹を露わにし、
あなたをすっぽり包んでいるこれら緑の帯を
どさりと振り落としてください――裂けて、きれぎれに、一面に散るように！
なぜなら、あなたを見、あなたの声を聞き、
あなたの影の中で新しい空気を吸いこむこの深い喜びに浸って、
私はあなたのことを想わないからです――私は余りにもあなたの身近にいるのですから。

三〇　今宵、私は涙を通してあなたの面影を「見ています」。
でも、昼間にはあなたが微笑んでいらっしゃるのを見ました。
これはどういうことなのでしょうか、――「最愛のあなた」、
私を悲しませているのはあなた、それとも、私なのでしょうか。
聖歌を歌う喜びと感謝を捧げる儀式のさなかに、侍祭は[31]
額は蒼ざめ感覚も麻痺して、聖餐台にこのように

## 三一

平伏するのでしょう。あなたの姿が見えないので、
私は当惑し、まごつきながら、あなたの声と誓いを聞くのです。
ちょうどかの侍祭が、気も遠くなっていく耳に聖歌隊のアーメンを聞きとるように。
「最愛のあなた」、私を愛していますか。それとも私が夢を見て、
私の魂の眼には強烈すぎる光が
私の理想像をふくらませた時には気を失ったように、
その栄光のすべてを見たのでしょうか。あの光は再び来るのでしょうか、
今、涙が出てくるように——熱く、現実に流れ落ちているように。

「あなたは」来てくださる！　すべてが言い尽くされます、一言も口に出さなくても。
私はあなたの視線の下に座ります、ちょうど子供たちが、
口には出さないけれど、有り余る内なる喜びから、
幸福な瞼を貫き顫《ふる》える魂を抱いて、
真昼の太陽を浴びて座るように。そうなのです、
この前あのように疑ったのは私の間違いでした！　でもその罪を
ひどく悔いる気にはなれないのです。しかし、あの折のことは——
私たち二人が一瞬間お互いの存在によって支え合わなかったことが
残念なのです。ああ、近くひしと寄り添っていてください、
鳩[32]のように助けてくださるあなた！　私の不安が頭をもたげるような時は、
あなたの寛い心で静かに入りこんでください。
あなたの神のような豊かさでそっと覆ってください、

その豊かさを奪われると、大空に置き去りにされた
まだ羽も生えそろわぬ小鳥のように、うち震えてしまうこの想いを。

三二

私を愛するというあなたの誓いに、初めて太陽が昇った時、
永久の誓約をたてるには、余りに早く
性急に結ばれたと思えるあの絆のすべてを、
緩めてくれる月の出を、私は待ち望みました。
熟しやすい心はすぐに冷めるかもしれない、と私は思ったのです。
また我が身をかえり見て、そのような男性の愛に
ふさわしいとは、思えなかったのです！ ——むしろ、優れた歌い手なら、
伴奏されてかえって自分の歌を台無しにされると憤る、
調子はずれの、使い古しのヴィオル[33]に似ています。
それは慌てて掻き抱かれはしたものの、最初の耳障りな調べで下ろされるのです。
私はその責めを自分に引き受けるのではなく、あなたに転嫁したのです。
というのは、毀れかかった楽器からも、巨匠の手にかかると、
完璧な調べが流れ出るかもしれませんし——
そして偉大な人は一弾きでひきこなし、溺愛するかもしれませんから。

三三

ええ、よろしいとも、私を愛称[34]で呼んでください！ 子供の頃、
その名を耳にすれば、いつも、無邪気な遊びも放り出して駆けていったものです。
山と積み上げた黄花の桜草もうち捨てて、

駆けて行くのを常としていたその名をお聞かせ下さい。
その眼差しで私を可愛がってくれていると分かる、
ある顔を見上げるのでした。その名を聞かせてください。
あの澄んだ慈しみに満ちた声が聞けないのは、哀しいことです。
あの声は汚れなき「天上の音楽」の中へ引き込まれ、同化され、
もはや私を呼ぶことはないのです。私が「神」を――「神」を！　――呼び求める間も、
柩の上には沈黙があるばかり。ですから、あなたの口を
今は亡き人[35]の後を継ぐものにしてください。
北の花を集めて南の花を完全にし、遅咲きの愛に早咲きの愛を捕えてください。
ええ、私をあの名で呼んでください、――そうすれば、私は、確かに、
あの同じ心で答えて、ためらうことはないでしょう。

三四

あなたが愛称で呼んでくだされば、
子供の頃と同じ心でお答えします、と私は申しました――
ああ、その空しい約束！　人生のさまざまな陰謀《はかりごと》に戸惑い、
心乱れている私が、同じ心であり得ましょうか。
以前には名を呼ばれた時には、どんなに急いで
花を投げ捨て、あるいはゲームを中断して、
駆けていって、笑顔で答えたかをお話しました。
遊びの折に浮かんでいた微笑は、従順ゆえに
そのまま消えることはなかったのです。今、お答えする時、

子供の足はこの血潮ほど速くは走れないと、認めてください。
あなたの手を私の胸に当ててください、そして
ただ一つの幸福ではなく、私のすべての幸福に向かうように！
私の心はあなたに向かいます――どのように向かうのか、考えてください――
私は憂慮を捨て、孤独を破ります。でもやはり、

## 三五

私があなたの為にすべてを捨て去れば、そのひきかえに
あなたが私のすべてとなってくださいますか。家庭の団欒や祝福、
次々まわってくるいつもの接吻を失ったと、
私が嘆くことはないでしょうか。また、ふと見上げ、
新しい壁や床、ここと は別の家が目に入るとき、
よそよそしいと私が思うことはないでしょうか。
いいえ、あなたは私の傍のあの場所を満たしてくださいますか。そこは
とても優しくて変化など知る由もない亡き人の眼で、今は満たされているのですが。
それはきわめてむつかしい。愛を征服することが試練であったなら、
悲しみを克服することは、万事が証明していますように、もっと厳しい試練なのです。
というのは、悲しみはまさしく愛であり、かつその上、悲しみでもあるからです。
ああ、私は余りにも悲しんできましたので、愛していただくのがむつかしいのです。
それでも愛してくださいー―よろしいかしら？　あなたの心を広く開き、
その中にあなたの鳩[36]の濡れた翼を包みこんでください。

三六

私たちが初めて会って愛しあった時、
私はその一大事を基に大理石の建物を築いたのではありません。
悲しみと悲しみとの間に揺れ動く愛が、
持続しえるでしょうか。いいえ、私はむしろ、身震いしたのです。
前方の道を黄金色に輝かせているように見える
どんな光も信じられず、指一本でも寄り掛かりすぎではないかと
不安でした。あの時以来、私は落ち着いて、
強くはなりましたが、常に不安を更新することが、「神」の思し召しだったと、
私は思うのです……ああ、愛、ああ、愛の誓い……
このように握り合っている私たちの手もいつまでも握り続けられないのではないか、
一度唇が冷えてしまえば、この互いに交わす接吻も、
所有主のないものとして、私たち二人の間に落ちてしまうのではないかと。
「愛」よ、不実であれ！　もしも**彼**が、一つの誓いを守るために、
彼の運命の星によって予定された、喜びを一つでも失わねばならないのならば。

三七

許して、ああ、許してください、あなたのもの、
あなたそのものと知っている、あの強い神性から、
ただそのように砂で造られて、移ろい壊れるにふさわしい
心像《イメージ》を私の魂が作るとは。
遠い昔のあの歳月が
あなたの支配力を受け入れず、

一撃で怯み、眩暈する脳裡に
むりやり疑惑や恐怖を味わわせ、
あなたに似つかわしい純粋さをやみくもに捨てて、
あなたのこの上もなく貴重な愛を、価値のない偽物にゆがめたのです。
まるで難破した「異教徒」が、無事に港に入り、
彼の海の守護神を記念するために、鰓を弾ませ
尾を震わせるイルカ[37]の彫像を、
寺院の境内に奉納するようなものです。

三八

初めて彼が私に接吻した時、私が書きものをしている
この手の指に口づけをしただけでした。
それ以来、この手はさらに清らかで白くなり、
世間の挨拶には遅れがちながら、天使たちが話す時には、
「ああ、聴いて」と、すばやく応えるのです。紫水晶の指輪[38]も
この指にはめられませんでした、私の目にはお粗末なものに見えるのです、
あの初めての接吻に比べると。二度目の接吻は最初のよりも位置が高く、
額を求めました。でも半分だけになりました。
あと半分は髪の上に落ちたのです。ああ、私の分には過ぎたもの！
あの口づけは愛の聖油、浄めの甘美さを伴って、
愛そのものの王冠の前触れでした。
三度目は完璧に王者のように私の唇に重ねられました。

その時以来、本当に、私は誇り高く言うのです、
「私の愛する、私のものである、あなた」と。

三九

あなたには力があり、私のこの仮面（過ぎし歳月が
雨風を打ちつけこんなにも蒼白にしてしまったもの）の
背後までも見通して、私の魂の真実の顔を、
人生の行路をぼんやりと疲れきって眺めてきた証を
見てとる天与の才能をあなたはお持ちですから――
また、この魂の悩ましい無気力を通して、
忍耐強い天使が、新しい「天国」に、とある場所を
待ち望んでいるのを悟る信仰と愛情を
あなたはお持ちですから――どんな罪も悲しみも
「神」の課し給う試煉[39]も、また死と隣り合わせであることも、
他の人なら、一瞥して、きびすを返して立ち去ることも、
私自身眺めてみて、万事にうんざりしてしまうことも、
何ものも、あなたには嫌悪を覚えさせることはないのですから……「最愛のあなた」、
あなたがなさるように、感謝を、善を注ぐことを私に教えてください。

四〇

ああ、そうですとも！　世界あまねく、人々は愛しあっています！
私は、真に愛と呼ばれている愛を、否定するつもりはありません。
私は若かりし頃、またそれからも、そう遠い過去のことではなく、

その時摘み集められた花がまだ香っている今に至るまで、
愛が語られるのを聞いてきました。「イスラム教徒」や「異教徒《ジャウア》」[40]は
微笑み一つに頭巾《スカーフ》を投げます、それでいて、泣くものには
何の憐れみも寄せません。ポリフィーム[41]も、
もしも雨がたびたび降った後で、殻が滑らかになっていれば、
胡桃にもその白い歯を滑らしてしまいます――そして、それほどでもないことが、
愛と呼ばれるものを憎しみに、あるいは忘却に、
変えてしまうのです。でも、「最愛のあなた」、
あなたはそのように愛する人ではありません！
あなたは悲しみと病を通して、お互いの魂を相より触れ合うまで待ち、
他の人たちが「遅すぎる」と叫ぶ時も、まだ早いと考えることができるのです。

## 四一

私を心から愛してきて下さったすべての方々に、
心からの感謝と愛をこめて、「御礼を申し上げます」
呼べども聞こえぬほど遠い市場へ、あるいは神の宮居の勤めへと、
先を急ぐ途次に、声音高く響く私の歌の調べを聞くために、
牢獄に等しいこの家の壁近くに、暫し立ち止まって下さった
すべての人々に深く感謝いたします。
でもあなたは、あなたのこの上なく神聖な「芸術の」妙なる楽器を
足許に落としてしまわれた、
私の声がすすり泣きにとってかわられ、沈みこみ消え果てる時、

私が涙にむせびながら口にすることを聴きとる為に……
あなたにはどのように感謝すればよいのか、教えてください！
ああ、私の魂の完全な意味を未来の歳月に射込み、
**その歳月**がその意味に言葉を与え、
消え果てる「生」から、持続する「愛」に敬礼をしますように！

四二[42]

**「私の未来は私の過去をそのまま複写することはないでしょう」**――
私はかつてそう書きました。私の傍で、私の守護天使が
「神」の白い玉座に哀訴のまなざしを上目遣いに投げて、
この言葉の正しさを証明してくれたのだと、私は思いました。
それで私は振り向いたのです、するとそこに
あなたを見たのです。魂の中で、
天使たちと同盟している、あなたを！　それから、生来の疾患で
長い間苦しめられてきた私は、その慰めをしっかりと受けとりました。
一方、あなたを見て、私の巡礼の杖は、
真珠の朝露をおびて、緑の葉を芽吹きました[43]。
私は今や前半生をそのまま繰り返したいとは思いません。
長い物思いで曲がっている頁をここに打ち捨て、
新たに私の未来の銘を書い下さい。
この世では望みもしなかった、私の新しい天使である、あなた！

四三

私はあなたをどんな風に愛しているでしょうか、
そのさまざまな愛し方を数えあげさせて下さい。
私は魂の及び得る限り、深く、広く、高く、あなたを愛します、
「現存神《かみ》」と申し分のない「恩寵」の末端を暗中に手探り求めながら。
昼も夜も、太陽や燭台の明かりを暗黙のうちに求めるように、
日々欠かせないものとして、私はあなたを愛します。
人々が「正義」を求めて奮闘する時のように、率直に私はあなたを愛します。
彼らが「賞賛」には見向きもしない時のように、純粋に私はあなたを愛します。
私の過去の哀しみの中に用いられた激情をこめて、また、
子供の頃の信仰心をこめて、私はあなたを愛します。
私の守護聖人たちの喪失と共に失ったように思えた愛をこめて、
あなたを愛します――私の全生命の息吹きと微笑みと涙とをこめて、
私はあなたを愛します！　――そして、もし「神」がそう望み給うなら、
私は死後もさらにいっそう、あなたを愛し続けることでしょう。

四四

「最愛のあなた」、あなたは、夏も冬も通して、
庭で摘んだたくさんの花を持ってきてくださいました[44]。
それらはこの息苦しい部屋の中で育ったように見えて、
太陽や雨の恵みをうけないことに気づいているようにも見えませんでした。
ですから、私たちのあの愛にふさわしい名で、
ここにも花のように開き、暑い日にも寒い日にも、

私の心の庭から私が摘みとった
これらの想いをお持ち帰りください。事実、あの花床も四阿も
雑草や苦草《ルー》[45]が一面に伸びはびこり、
あなたの除草を待っています。でもここには野薔薇《エグランタイン》[46]が、
ここには常春藤《アイヴィ》[47]が！　――それらを受け取ってください、私があなたのお花を
受け取ったように、そして、萎れることのない所に納めてください。
あなたの眼には、その花は色褪せることはないと、教えてください。
あなたの魂には、その花の根は私の中に残されていると、告げてください。

## 註

エリザベス・バレット・バレットがロバート・ブラウニングと結婚し、イタリアのピサに新居を構えた時に初めてこの詩の存在が夫ロバートに知られた。ロバートが語ったところによると、彼ら夫婦はそれぞれ単独で創作し、その作品を見せ合うこともしないのが習慣であった。もっとも夫の方は時々はこの習慣を破ることもあったが、彼女は決して破ることはなかった。夫は食事をする階下で、妻は階上で仕事をした。一八四七年のある早朝、朝食が終わり、妻は階上へ行き、夫は食卓が片付けられるまで、窓辺に立って外の街路を眺めていた。女中が出て行った後まもなく彼は、背後に人の気配を感じた。それは妻エリザベスで、彼が振り向かないように肩を押さえ、同時に紙束を一つ彼の上着のポケットに押し込んだ。彼女は「それを読んでください、もし気に入らなければ破り捨ててください」と言って自分の部屋に逃げ帰ったのであった。彼は腰をおろしてその紙束を開いた。そこにこのソネット集が入っていたのである。興奮と歓喜に、彼はたまらず、階段を駆け上がり妻の牙城を襲わないではいられなかった。「シェイクスピア以来、あらゆる言語で書かれたものの中で最高のソネットを、僕だけのものにとっておくことはとてもできない」と彼はその価値を評価し、公表を勧めた。エリザベスは、自分の婚約にいたるまでの個人的な心の軌跡を記したものを出版

することにはなかなか同意しようとはしなかったが、とうとう説得されて友人メアリー・ラッセル・ミットフォードを通じて印刷出版に付したのであった。

『ポルトガル語からのソネット集』というタイトルは夫ロバートの助言にしたがったものである。著者名をぼかし、かつ、『カタリーナからカモンイスへ』(Catarina to Camoëns) の作者との関連を示唆しているからである。このエリザベスの抒情詩はロバートのお気に入りで、ソネット集を知る前には彼は「僕の可愛いポルトガル」と呼んでいたのであった。

『ロバート・ブラウニングとエリザベス・バレット書簡集』(Elvan Kintner ed., *The Letters of Robert Browning and Elizabeth Barrett Barrett 1845-1846*. Harvard Univ. Press,1969) と読み合わせると二人の親交の軌跡を辿ることができ、このソネット集への理解が深まる。

**1** テオクリトス ——紀元前三世紀頃のギリシアの田園詩人。この言及に合致するのは、アフロディテーのもとに十二ヶ月目に戻されるアドーニスの歌だとされる。アドーニスの歌は春の再来、愛の復活を祝うものでもあり、エリザベスとロバートとの愛の再生というこの詩のテーマに一致する。二人が初めて会ったのは五月であり、ロバートの最初の愛（おそらく、求婚）の手紙が出されたのは一八四五年五月二三日であった。この手紙はその愛の告白があまりにも率直であったため、ロバートに返却され、彼自身の手で破り捨てられたことで有名である。彼女はこの件を忘れ、二人の間でなかったことにし、友情と共感を約束する交際を失う悲しみを味わわせないでほしい、と懇願した。

**2** 「死」と「愛」はこのソネット集の中心テーマ。半病人の生活を送り、常に「死」を予期していたエリザベスが、ロバートへの「愛」に目覚め、「生」へ向き直ることになったのである。このテーマは頻出する。七、二三、二七、三九、四〇、四二参照。

3 死の重荷　――死者の目を閉じたままにしておくために、死者の目蓋にペニー青銅貨を置いた昔の習慣への言及。

4 守護天使　――中世から近代にかけての概念。人を危険や過失などから守ってくれる、とされる。

5 糸杉　――針葉樹で、墓地に植えられ、葉が暗く、しばしば喪の表象とされる。前出。

6 ロバートと自己とのギャップの大きさ、それゆえに彼の愛を受け入れることはできない、というこの歌と同趣旨のものは、八，九にも見られる。また、『詩集一八五〇年』に収められている「生と愛」「拒絶」「証明と反証明」「問いと答え」「包含」参照。

7 エレクトラ　――ソフォクレス作『エレクトラ』参照。エレクトラは弟オレステスの納骨壺を受け取るが、その壺を渡したものこそ、死んだはずのオレステスだった。遺灰は人を欺くためのものに過ぎず、逆に、真の生き甲斐をもたらしたことを知らされる。

8 リュート　――十四〜十七世紀に用いられたギターに似た弦楽器。

9 黄金と紫衣　――富と美を表わす。黄金は最も貴重な金属。紫は貝殻から採取した染料で、昔から珍重され、特に、神、聖職者の聖衣や祭礼服に用いられた。また紫衣はきわめて華美、華麗なことを表わし、国王や貴族のものとされ、平民は着用を許されなかった。

10 ヴェニスガラス　――この繊細で薄いガラス器は毒を入れるとたちまち粉々に壊れる、と一般に信じられていた。

11　エイオーナス山　――ヒマラヤ山麓のインドの高い山。その名は鳥もその上を飛ぶことはできない、ということを意味する。

12　無条件で愛してください、というこの歌については、先述の書簡集より、一八四五年一一月一二日付けのエリザベスの書簡を抄訳しておく。「あなたが私を愛していらっしゃるのではないかしら、という**可能性**を稲妻の一瞬に認識したように思えた最初の瞬間は、夢のしわざも及ばないものでした……その最初の瞬間は、あなたが私を愛していらっしゃるのは、何かの理由のためではなくて、あなたが私を愛しているからだ、と（それ以来、ずっとそうしてくださっていますが）ほのめかしてくださった**そのとき**でした。ところで理性的な方々なら不合理だとおっしゃるこの『なぜなら（パルスク）』こそ、私の理解には唯一ふさわしいものだったのです（中略）まさに女にふさわしい『女の理由』でした……というのは、それはあなたがおっしゃったとおりでしょうし、もし、そうなら、それはまったく返す言葉もない決定的なことだ、と理解できたからです」（前掲書、一二六五頁）

一四歌は愛の絶唱として、単独で取り上げられることが多く、後の四三歌と共にこのソネット集の中でも、特に人口に膾炙している。詳細については、最後の四四歌もあわせ、解説、対訳と注釈をほどこした、桂・岡村・武田著『ソネット集―サウジーからスウィンバーンまで―』（英宝社　二〇〇四）、一〇三～一一二頁を参照されたい。

13　琥珀の中に閉じ込められた昆虫の連想。

14　棕櫚や松の木陰　――棕櫚は勝利、喜びを、松は悲嘆、憐れみを表象する。「子供たちの叫び」註2、参照。

**15** 恋人間における髪の交換は伝統的に性愛の意をおびる。

**16** バラや銀梅花 ——ともに性愛や結婚に関連する花。薔薇は結婚式の花輪に、また銀梅花（myrtle-tree）は花嫁の花冠の材料になる。

**17** リアルト橋 ——イタリアのヴェニスの大運河にかかる橋で、アーケードの商店街があり、商業の中心地となっている。シェイクスピアの『ヴェニスの商人』参照。

**18** ピンダロス ——ギリシアの叙情詩人（B.C.五二二?-〜四四三?-）

**19** 九人の「女神《ミューズ》」——詩神のこと。呪術的な側面に起源をもつ太女神が瞑想、記憶、歌の三女神に分裂し、さらに分裂して九女神になった。

**20** 何らかの予知 ——二人の文通の初期にロバートは早咲きの花に春の到来を感じ、春になればエリザベスが自分の訪問をみとめてくれるのではないか、と期待していた。

**21** 「郭公の歌」——カッコー鳥の歌のような、疲れを知らぬ繰り返しに対する慣用句。カッコー鳥はまた春の先触れとしても知られている。

**22** ユダヤ教の幕屋（移動神殿）に安置されている聖櫃の贖いの蓋に見られる神の栄光のイメージ。贖いの蓋は純金製で天使たち（ケルビム）の翼の間に置かれる。旧約聖書「出エジプト記」二五章十七〜二〇節参照。

23　アスフォデル　――（ギリシア神話）天国の野に咲いていると伝えられる不死の花。

24　私宛の手紙　――一八四五年一月一〇日付のロバートが彼女に宛てた最初の手紙、「親愛なるミス・バレット、私は心からあなたの詩歌を愛しております」という言葉で始まっている。

25―26　二人が文通を交わし始めてから四ヶ月余を経て初めて直接対面することになった一八四五年五月一六日付け、「火曜日の二時にお訪ねします」予定どおり、五月二〇日火曜日にロバートはロンドンのウイムポール・ストリート五〇番地のバレット家に、エリザベスを訪問した。

27　一八四五年八月三〇日付け、「―僕に言わせてください、―**この一度だけ**―僕は僕の魂からあなたを愛し、僕の生命をあなたに捧げてきました、あなたが受け取ってくださるだけのものを―そしてすべてはもう**為されてしまったこと**、今となっては変えることはできないのです」

28　一八四五年九月一三日付け、「―僕はあなたのものです―永遠にあなたのものです―」と書いている。

29　木にまとわりつく蔓草は、男性に縋りつく女性の比喩として、ヴィクトリア朝時代には親しいものであった。

30　棕櫚の木　――註１４参照。死に打ち勝ち、永遠の幸福に至ることを表わす（「ヨハネの黙示録」七章九節参照）。

31　持祭　――（カトリック）教会の聖餐台の聖燭をともしたり、祭司を助けたりする助手僧。

32 鳩は愛の神アフロディテの乗り物を引き、また夫婦つがいで卵を抱くことから夫婦愛の悦びを表象する。また貞節、英知、無垢、平和なども表象する。

33 ヴィオル ――中世に用いられた弦楽器で、現在のヴァイオリンの前身。

34 作者の愛称。「Ba」と呼ばれていた。

35 亡き人 ――ここでは「声」は複数になっており、一八二八年に亡くなった母だけでなく、一八四一年（一八四〇年?・）に溺死した仲良しだった弟エドワードの声も含めている。

36 あなたの鳩 ――鳩は臆病の表象にも使われる。ここではエリザベスはロバートの鳩になっている。註32参照。

37 イルカ ――イルカは嵐を予知するとされ、水夫に危険が近づいていることを知らせ、水先案内をしてくれるとされる。

38 紫水晶の指輪 ――伝統的に癒しの力があると連想されている。特に精神面での癒しに効力があり、邪な考えを防ぎ、毒から身を守ってくれるとされてきた。

39 「神」の課し給う試練 ――彼女が病身であることを指している。

40 異教徒《ジャウア》 ――イスラム教徒がイスラム教信者以外を、特にキリスト教徒を指して言う語。しかし、ここでは異端者、サラセン人、トルコ人らを指しているようだ。

41 ポリフィーム　――（ギリシア神話）一つ目の巨人・食人種の首長。

42 このソネットは、一八五〇年版、及び一八五三年版では「過去と未来」というタイトルで印刷されていたが、一八五六年にふたたび挿入された。蛇足ながら、ピッカリング版では「未来と過去」としている。

43 私の巡礼の杖は、、、緑の葉を芽吹きました　――巡礼を達成した者の杖は、奇跡的に緑の芽を吹き、その精神的な再生を象徴した、と中世の書き物に記されていたのを踏まえている。

44 ロバートが常に花を携えてきていたことは書簡集のなかでも言及されている。エリザベスは「『昨日はブラウニング氏が見えていたんですね。花でわかりますよ』と弟がいいましたわ」と書き送っている。

45 苦草《ルー》（ヘンルーダ）　――葉は苦く強い香を有し、興奮剤、刺激剤に用いた。昔から、発音が「ルー」に通じ、悲嘆・悔い改めなどの表象として用いる。

46 野薔薇《エグランタイン》　――ノバラの一種。別名スイートブライア。芳香で、花は白色から赤色まで各種。欧州に産する。

47 常春藤《アイヴィ》　――ここでは、常緑であることから生命、繁茂を表わし、不滅の愛と友情を表象する。

# 『グイディ館の窓　第一部　第二部』一八五一年

この詩は、著者がトスカーナで目撃した出来事の印象を綴ったものである。「窓から眺めただけではないか」と批評家は異議を唱えるかもしれない。著者は作品の表題そのものからしてその抗議を甘受するものである。一貫した叙述や政治哲学の解説は試みられてはいない。これは個人的な印象を率直に語ったものであり、その唯一の価値は印象を受ける際の熱情と、それを語る際の誠実さにある。それは美しく不幸な国に寄せる著者の暖かい愛を証明するものであり、著者には充分誠意があり、党派心は無いことを示している。

二部からなるこの詩の第一部は、ほぼ今から三年前に書かれ、つづいて第二部は一八五一年の現実の状況が書かれている。第一部と第二部との間で調子に相違があるのは、読者に対する詩人の誠実さを充分に保証するものである。著者は、伝染性の教皇ピウス九世[1]崇拝熱に「罹る」ことは免がれたが、女性によくあるように、立派な誓約を信じ、民衆のいくつかの明白な欠点がひきおこしかねない結末を見失ったと、自ら恥じている。もしもこの調子の相違が読者にとって痛いものであるとすれば、詩人にとってはその度はさらに痛切なのだと理解されたい。我々の本性からいっても、このような相違は受けいれるように常に要請されているのである。それは、志と実際の成果、信念と幻滅、願望と現実との間隙を意味するものである。

「おお信頼にそむき破れ果てし予言よ、
おお未来の為に生まれながら、苦くも阻まれ、
未来に対し無に帰せし華麗なる運命よ！」

否、この場合、未来に対し無に帰してはいない。イタリアの未来が廃嫡されることは決してあり得ない。

フィレンツェ　一八五一年

## 第一部

私は昨夜聞いたのだ、幼い子供が、教会[2)]の傍、グイディ館の
窓の下を、歌いながら通るのを、
**おおうるわしの自由《ベッラ・リベルタ》よ、おおうるわしの《ベッラ》！**　――と。
いと声高く捜し求めた調べにのせて
その詞を歌っていた。かくも敏捷な小鳥が
止まり木から空へ飛び上がると、藪全体が
緑に揺るぎ、イタリアの心臓は
鼓動するに違いないとあなた[3)]は結論付けた。
フィレンツェの街角の教会と宮殿[4)]の間で、
そのような声を上げることが許されたのだ。
幼い子供も、母親の指に支えられて立てた日から
まだ間もないのに、なおも歌った、
**おおうるわしの自由《ベッラ・リベルタ》よ**と。

その時私は物思いに耽りつつ、古《いにしえ》の歌人たち[5)]の唇から流れ出、
今なおイタリアのために響き渡る数々の甘美な歌に
想いを馳せた。かの歌人たちは、かくも嬉々と曇りなく

歌ったのではない。悲痛の情を音楽の中にかたく潜ませ、
調べも妙《たえ》に私たちの心に触れたゆえ
隣れみの情もほとんど痛みはしなかった。私は思った、
フィリカヤ[6]が、人々を、鎖に縛られたイタリアを嘆く詩人たちを、
どのように先導したかを。彼らがイタリアを子なしの母と、
そう、帝国の寡婦とののしったことを。イタリアの美しさを
面と向かって呪うのを辞さなかったことを。
辱めを受けた妹の美しさを兄弟たちが呪うように、
――「美の少なかりせば
惨めさも少なかりしを」と――
醜悪な巣窟の中で傷めつけられ、
うちのめされて悶える男女の
うけた仕打ちの数々、積り積った絶望から、
人の姿を装った「像」を彼らが呼び出したことを。その像の中で、
あまり人の目に障《さわ》らぬように、彼らは哀しみを
美に包み、それをキュベレー[7]とかニオベ[8]と呼び、
あるいは死体を置く棺台に屍のごとく横たえたことを。
全世界が、イタリアのために、韻律に合わせ涙を流すことだろう、
その涙は触れても焦がしはしないけれど。――
「諸国のジュリエット[9]よ、汝が我らの如く
死ぬことがあり得ようか。汝の頭《こうべ》を飾りしスミレの花冠《はなかんむり》は、

新芽が伸びて不恰好とはいえ、そんなにも大きすぎて
滑り落ち、汝の生命なき瞼をよぎったのか、
おお愛しい、美しいジュリエットよ」と。このような歌は
もうたくさんだ、愚痴が多すぎる！　それよりも見よ、
ヴェローナの空洞《うつろ》なるジュリエットの大理石の柩[10]を。
同じように空洞なのだ、
憐憫の重荷を受けとめ、良心の圧迫に対処するために、
人間が自己と現実の虐待との間に配するすべてのイメージは。
——なぜなら、強き者に圧迫された、
現実の、生ける、弱き者たちを凝視するよりは、
悲しみに沈んだ仮面や哀れそそる画像を見詰める方が、気楽だから。

優れた詩人たちが、その昔、立って歌った
イタリアに、今日、佇む私は、
私は彼らの足跡に口づけはしても、その言葉には反論する。
黄金色に輝くアルノ河[11]が、その四つの橋の下[12]を、
弓の如く張りつめ震えるように湾曲した橋の下を、
フィレンツェの心臓部を貫き、矢の如く流れる時、
私は希望をこめて、この岸辺をしみじみ眺めざるを得ない。
矢の如き底流は走り続け、
進むにつれて大理石を切り裂き、

両岸に宮殿壁を築き上げ、
軒じゃばらを幾列にもきらきらと泡立たせる。
風変りな趣を添えて増していく戸口や窓にも、
テラス掃除夫や、すべてを見詰める人々にも飛沫《しぶき》を浴びせる。
もしそこのどの格子窓からであれ、花やハンカチーフが投げられると、
それはきっと下の河の中へ落ちこむだろう。
河は壁と壁の間をそれほど密接して速く流れている。
何という美しさ！　外の山々は沈黙し、
次の言葉に聞き耳をたてる。
どんな言葉を人々は発するだろう、
——この地、天へ向けてまっすぐ優れた問いかけをするがごとく、
ジョットー[13]が鐘楼を打ち立てたこの地で、
実践では大いに苦しめられつつも
霊感では常に豪胆なる高貴の民族に
授けられたものについて？
「神」はどんな言葉を宣《のたま》うだろう？　ミケランジェロ[14]の
「夜」と「昼」と「暁」と「黄昏」が、メディチ家の紋章が
摩耗した粘土の上に横たわり、堆肥の上の犬のごとく、
大理石の冷ややかな嘲笑を浮かべて待っているのが、これぞ即ち、
このような輩によるかくの如き支配の最終的な排除であり、
フィレンツェ内の未だ生まれざる者と、

フィレンツェ外の偉大な世界を解放することであった。
三百年、彼の辛抱強い彫像たちは、薄暗き聖ロレンツォ教会の
あの小さい礼拝堂で待っている。
「昼」の眼は肩越しに大胆に熱っぽく開かれ、
一度《ひとたび》あの大理石の薄膜から放たれると、
暗闇に憎悪の閃光をひらめかせ、
冷静な目つきで運命を出迎える。
「夜」は眠りの中に狂おしい夢を見、
「暁」は不眠症患者のごとくやつれ、
「黄昏」は一種の恐怖を帯びている。
芸術家の魂と作品の間から引き払われたヴェールは、
作品を、怯みも媚びもしない言葉なき想いの、
怒りと軽蔑との、希望と愛情との、継承者にしたからだ。
というのも、ミケランジェロは、意あって、
ウルビーノ公[15]を高座に据え、
その貌《かお》に永遠の陰影を宿らせたからだ。
一方、遅々とした暁や黄昏は、今は消滅して久しい
彼の一族の屍灰《なきがら》を非難する。それはもはや
決して人の歩みを邪魔することはないだろう。
天才ミケランジェロよ、ヴィア・ラルガ[16]でのあの冬の時、
彼等は雪の像を築けと命じ[17]、

あの驚くべきあなたの芸術巧みな作品が、たちまちに
イタリアの太陽の熱の下に溶け去った時、
造型への熱情で膨れ上っていたあなたの目も、
傷つけられた男の涙にうるんでいたと、
私は信じている。というのも、
あなたの芸術と憤激を共に嘲るために、
新公爵は宮殿の窓辺で笑ったのだ。——
（「あはあ！　この天才も称讃が要るのだ、
とどのつまり、いかに高慢心がしりごみしようとも、
公爵領の採石場からの大理石が僅かばかり必要なのだ！」）と。
私は信じている、あの時あなたも笑ったのだと。
悲しめる全世界のために、あなたのフィレンツェのために、
あの無念の涙の後で。涙はほんの少しだったけれど！
太陽の下、雪の像の堂々たる輪郭線が
震えて消えた時、——ジュピター神の頭の如く
昂然とした頭がまず麻痺し、
目蓋は垂れ、豊満な額は空ろに変わり、
呪うが如く今まさに上げられた右手は
落ちて、ただの雪玉。（ついに人々は声を潜めた、
もっとも宮殿の窓からは、高い笑い声があがったが）——
あなたは、前途の約束と予感ゆえに、

「神」と新公爵に誇らかに感謝し、その嘲笑を
笑い返せたと、私はかたく信じている。
あなたの眼は、予言の中に不当な虐待を読みとり
正義の怒りの涙に浄化され、
真に偉大な人間の受け継いだ財産と、
大公の末裔にすぎぬ者とを比較したのだった。
私が思うに、あなたの魂はその時言った、
「結局、私には公爵の位も石切り場も不要だ。
私が、紙に板に土に、床に壁に、
一言書き、描き、刻めば、事実、
その言葉は「神」によって保護される。
その言葉が「神」の世界の深い心に触れて教えを広めぬうちは、
意味ある一字たりとも脱落せぬよう、「神」はご留意下さる。
それ故、閣下、貴殿らよりも生き延びるのですぞ！
だから、どうぞ、石は貴殿のものとして保持し、
貴殿の墓所を蔽い、相応の爵位を示す
縁《よすが》となさるがよい。**私**は私の芸術によって生きる。
私がこの雪の中に投入した思想は、見詰めるこの人々が
凝視を終える時、彼等を感動させるだろう。
雪が太陽にすっかり溶ける時、
貴殿の行為と私にまつわる伝説は、

真の君主の位とは何ぞやという証跡《しるし》を
未来の人間に対して集めることだろう。——
しかり、その日、酒に酔った者を除いては、誰も笑わないだろう」

偉大なミケランジェロよ、かくあらんことを！　その日[18]は近い。
もし、その日、笑う者が少ないとすれば、我らは泣くのだろうか。
これ以上泣いてはならぬと悟ろう。
眠りの中で十四行詩《ソネット》をものするへボ詩人、
古語のひからびた骨を内陸へ噛み上げる擬古主義者、
廃虚の町を重ねて讃える写生家、——
そのような眠気誘う調子よき低い声を通り抜けて、
希望に満ちた小鳥は茂みから囀り上がり、
希望に満ちた子供は、背丈ほども跳びはねて、
甘美な自由のために眼を開いて歌う。
若き頃より歌人である私もまた、
目覚めたこの人たちと共に、小鳥たちと、
赤ん坊と、聖なる朝露の洗礼を
恐れぬ人々と共に歌う方が好ましい。
(このように目覚めた多くの人々が、今、ここに居る。
彼らは聖油を注がれ、成年男子として申し分なく、
危険をものともせず、忍耐強くやり抜くだろう)

あの古《いにしえ》のか細い声に、私の新しい声を合わせ、
「おお」と「ああ」でつないだ音楽に閉じこめた
当り障りのない嘆息で、イタリアのために歌うよりは。——
いや、むしろ、幼い子供と手に手をとって、
「ベッラ・リベルタ」と歌いつつ行進したい。
古の詩人と共に、滅びしものを感傷的に歌ったり、
「セ　トウ　メン　ベッラ　フォッシ、イタリア！」[19]
「美の少なかりせば、惨めさも少なかりしを」と叫ぶよりは。
おそらくは、今まではこれがありのままの真実であろう。
イタリアは、老齢の円熟した活動を妨げる
青春期の紫衣に長い間拘束されて、
死の悲しみもなく、生命の華々しい活力もなく、
墓に坐りこんでいるのだ。人は尋ねる、
「では語れ、イタリアとは何ぞ?」
相手は答える、「ウエルギリウス[20]、キケロ[21]、
カトゥルス[22]、カエサル[23]」他には?
記憶力をふり絞れば——「そうだ、ボッカッチョ[24]、
ダンテ[25]、ペトラルカ[26]」——もし、フラスコがなおも、
葡萄酒を、ごくゆっくりと、滴らすように見えるなら、——
「ミケランジェロ、ラファエロ[27]、ペルゴレーゼ[28]」——
彼らの強き心臓は石を貫いて鼓動し、

電気の如き魂の炎で色彩を満たし、或いは·
音楽で天を突き破ったのだ。そして更には？
ああ、それ以上は、もう無い。数珠《ロザリオ》の最後の玉は、
視界内にある最後の聖徒の名を唱えるうちに
落ち、その後は、この国では誰も祈らない。
ああ、このイタリアは、長い間、英雄の屍灰を
砂時計の砂として掃き捨ててきた。
自らの過去に憑かれた妖精！
昔、その下を女王として歩み、葉茂る枝を折りとった、
正にその月桂樹に手を釘づけにされて、甘んじている。
世界が、彼女が聖句箱を大きく見せるのを利用して、
彼女の血まみれの唇を固く閉じさせ出血を止めるのを
彼女は実際あまりにも長い間認めてきた。その結果、
明確な言葉一つで、活力溢れた息子たちが
彼女のもとに雪崩をなして集まってくることに、
彼女は何の関心も向けようとはしない、
彼らが今は亡き世代の志を継ぐことになるというのに。
マカロニ喰わんと、いきいき動く大きな口を
あんぐり開けたこれら油の消費者たち。彼女は彼らを、
輝けるロザリオの聖徒の列に加わった
南部の英雄たちの総数のうちに、数えることができるのか。

神々の贈り物、泉の水差しがこわれているが、
地表の葉を寄せ集めて天然の鉢に比することを
彼女はひどく嫌う。だから、今後、彼女は、
国家ではなくて、すべての歌と夢の国から
施しを受ける、恩給生活の詩人に見えるだろう、
一方、彼女の歌い手たちは、しかり、美しい息が
ため息の極みに葦笛のリードを裂いてしまうまで、
永遠に悲しく細い音色で彼女を歌う。
それについては、ノー・モーア《もはやいうまい》。しかしイタリアの生命に対して、
「ノー・モーア」とは言うなかれ！　彼女の追憶は、
うろたえもせず、なおも「エヴァモーア《とこしえに》」と主張する。
彼女の墓は、未来に、強くあれ恐れるなかれ、と哀願する。
彼女の彫像さえも、眼差しを前方に向ける。
我らは死者に仕えることはしない。――過去は過去だ。
「神」は生きておわします――そしてついに目覚めた人間の眼前に、
栄光の朝を掲げられる。
彼らは、食べ慣れた食物を押しのけ、
昔の杯に残る澱《おり》を
地表の芥の上に投げ捨て、
覚醒の祈りと有徳の行為へと向かう。
畏れ多い恵まれた地にあって、

太陽をまともにうけることもない「死者」たちに、
もはや我らの力を抜き取らせはするまい。
死者の冠の番人として、自らの冠を奪われはするまい。
また、身を下げて現在という現物《もの》を、
過去の好評という音響《おと》と交換することもするまい。
おお「死者」たちよ、あなた方は、もはや、人を枯渇せしめる
讃辞という硬ばった手で、我らにしがみついてはならぬ。
立って　短詩を長たらしく重ねて、あなた方を讃えるようにと、
衣を捉えて我等を引きずり戻してはならぬ！
あなた方が以前生きていたからとて、我らは、
我ら自身の生活を忘れるまいと思う。またあなた方が
立派に行動したからとて、我らは我らの行為を忘れはしない。
あなた方がまず最初に扉の掛け金を外したことを
我らは感謝する。しかし、もはや入口で感謝礼拝して、
近づき難いものにするつもりはない。
我らの新鮮な魂、若々しい希望、目的への
「神」の如き円熟を以って、地獄撲滅へと我らは急ぐ。
ほどなく我らも死ぬであろう！　その時、
墓土が我らの墓の上につもる如くなめらかに、
我らの生命の周期の角が取れて記憶となり、
我らの生命があなた方の如く卓越し、

あなた方の如く遥かなる彼方へ、最後の記憶の境界標に
制限されることなく、我らの時代を運び行くことを
我らは今、望まねばならぬ。
未来の世代によって、「死者」として祈り求められるように。
死という土塊《つちくれ》が偉人の声を窒息させた時、
彼の平凡な言葉は神託に変り、馬に軛をかけるが如く
彼が繋ぎ合わせた平凡な思想は、グリフィン[29]の如く、
牽引力を発揮するというのは本当だ。
これは事実であり、結構なことだ。
人々が花を振りかけて、
「サヴォナローラ[30]の魂は、我らの大公の辻広場で
炎となって消え去った、もしくは息をひきとる寸前に
正邪の間のヴェールを一瞬焼き払い、彼は
「神」がいと近くに座して、その場の審判官たちを
裁かれたことを示した。――」と記録する時、
花撒き敷かれたその舗石に、私もまた、
私の菫の花を同じように恭しく投げ、
雪降る冬という冬も、舗石や大気から、
誠実な人の美徳の遺薫を
雪で消し去ることはできない、と証明したい。
ペテロが船荷全量と共に沈みこんだ時[31]、

「キリストよ、目覚め給え、キリストよ、目覚め給え！」と、
勇敢に呼びかけたのは、彼、サヴォナローラだった。――
ルター[32]が捨てに来る前に、洗礼用の古い水槽を調べ、
その水は悪臭を放つと断言し、また「フィレンツェを解放せよ、
さもなくば「神」は汝の魂を解放なさるまい！」と、
大公[33]の臨終の床の傍で叫んだのも、彼だった。
それからその「壮者」は仰向けに倒れ、
僧帽から発する星の眼差し[34]の下に死んだ。
広く深い彼の野心の大海は
苦蓬《にがよもぎ》の苦悩に変った。
サヴォナローラや先覚者たちに、菫の花を
惜しむのはよくないだろう。むしろ、さわやかに急いで、
彼らに渡すべきものを渡そう！　死の強調は
肉体行為の雄弁性を明らかにする。
生存中は、ただおぼろげに推測されたにすぎなかった
人々が、一旦生命のもつれた網目から自由になると、
墓の中でその全身長を示す。或いは、事実しばしば、
画布の中で、その身長を誉れ高き賞讃にまで誇張する、
賞讃は気高くも度を過ごしてはいるが、
それでいてただ正確に測っているにすぎないのだろう。
葬られた者たちの子孫である我ら、

もし我らが祖先に唾を吐きかけるとすれば、
我らは罪深いと言わねばならぬ。むしろ菫を
持って来い。もし祖先たちが彼らの一畝八分の一マイルを
歩んでいなかったら、我らは一マイル歩むことを望めようか。
それゆえ菫を持って来い。しかし、もし我らが畝をすき残して、
立ちつくし、その間ずっと菫を撒きちらしているなら、祖先の歩みは
無駄となり、彼らについて語ったのも無駄となってしまう。
だから、これからは元気よく笑って立ち上がれ。
菫を撒いてしまったら、麦を刈りとれ。
刈り入れと貯蔵がすめば、鋤を持って来い。
そして健康的な朝の下、新しい畝間の溝を引き、
この「今」の中に、偉大な「今後」を植えつけよ。

昔はそうだった。各人が確実に先人に追いつく時、
一歩一歩いかに踏み固められたことか！
――各人がいかに自らの力によって、自らの理想を
捜し求めたことか――究極の「完全」は、太陽や星から
輝かしく身を乗り出し、この世では現実と思いなされる
怪しげな形象を通じて、すべての人々が
誠実に熱心に「美」と「正義」を追求するのを祝福する！
老ユバル[35]が、澄んだ音色のメロディーを奏して

人々の魂を喜びに浸らせたからといって、
もし若々しいアサフ[36]が、聞き耳を立てる目つきで、
伝統音楽のさまよう霊を、せいぜい、ユバルの墓から
草生うる沈黙の中へと引き入れることで
満足しているとすれば、それは賢明だろうか。
ユパルの息はもう事切れたのだから、
ミリヤム[37]が伸ばし広げた白い腕が、シンバルを
打ち鳴らし、新たな喜びの黄金の音色で
太陽をびっくりさせる方が、賢明ではないのか。
ダビデの竪琴が、彼の心からの音楽で、彼の手を
溢れさせた方が？　そのようにハーモニーは多くの源から
生まれ充実し、幸運な偶然が神聖な芸術に変るのだ。

あなた方は、フィレンツェ漫歩に、
サンタ・マリーア・ノヴェッラ聖堂へ入る。
左階段を通りすぎよ。そこで、ペスト流行時、マキァヴェッリ[38]は、
動かぬ美しい顔をした女《ひと》を、鏡に見る如く見たのだった。
その女は、死と地獄の恐怖に対抗して着飾り、
ミサの合い間にも絹ずれの音をたて
家を出る時、夫が倒れ、彼女の足元に横ざまに
息絶えたことを、考えまいとしていた。——

その階段は、オルガーニャ兄弟[39]が、ダンテの悪魔の中から、
取りおきしておいた所へ通じる。あなた方はその階段を
通りすぎて、更に奥の内陣から右の階段を上がり、
薄暗い小さな礼拝堂の、チマブーエ[40]の
聖母像の傍で瞑想する。よく見よ、昔、
あの絵は明るく大胆なものと考えられていた。
ある王[41]は、その最高の雅致の美の前に、無冠で立ち、
敬虔な人々は、王ではなく、その絵を見て、
感嘆の叫びを発した。それでこのような奇跡を生んだ
その地までも大胆になった。
あのうるわしい顔から、「グラッド《うれしき》・ボルゴ《むら》」と名づけられて。
その顔はその芸術家を感動させ、仕事の後、
彼自身の理想の微笑せる聖母マリアが
彼のすぐ傍に立たれたと思わせた。――彼は、
あの栄光の縁《ふち》の中へ、神聖の性急さで、
自らの手によって、招じ入れられたのだ！　しかし
今ここに見詰めに来る人々は、誰一人萎縮することはない。
構図は簡潔ながら、崇高に描かれているけれども。
天上界の玉座に座した「聖母」は
膝の上の「幼な児」のことのみを考えている。
一方、傍の天使たちは、玉座の王者の重みに耐え、

慎ましく平伏し、柔和に微笑し、
自分の翼のことは忘れはてている。「御子」は、翼へと
「神」の如く手を伸ばしている。もしも誰かが万が一、
いくぶん硬ばった衣と弛んだ関節ゆえに、
ラファエロ時代の高みから、
チマブーエの絵を嘲笑して見下すことがあれば、──
「天」はそのような批評家の頭に油を注ぎ、清めることはしない。
それどころか詩人の呪いが、その血統を力一杯打ちのめし、
永久に瘧《おこり》や寒気の発作に悩むように定めるのだ。
気高き絵！　通りに沿ってその天童たちの顔を運ぶ際に、
人々があげた叫び声にふさわしい。彼等が腰をかがめ
教会に入るまで、太陽はその顔を照らしたのだ。
しかしチマブーエが羊の群れの間に見出し、
天才が天才を認めるようにその才能を見抜き、
家に連れ帰ったジョットーは、一層深く充実した洞察で、
チマブーエの以前に描いた作品に描き加えた。
その結果、更に神々しい光が広がって、
チマブーエの「聖堂の聖母」を圧倒したと
評されているのは正当だ。何故なら、
このようにして我らは、知られあるいは行われた
偉大なものの集積へと登りつめるのだから。

チマブーエは、自己の技量を凌ぐ最初の一筆を見て、
その若者に微笑みかけたと、私は思う。さもなくば、
彼の聖母の微笑は、あれほどの優しさを湛えはしなかったろう。
すべての大家は、芸術上の自己の継承者を予知し、
芸術のためにそれを喜んできたのであり、
あたかも冠をとられたかのように、老いた白髪の頭を
垂れてきた。彼らは、自己の勝利よりも、むしろはるかに
純粋な「理想」の心酔者なのだ。個人の勝利は、
それほど熱烈な意志の闘いが無くても、
見つけられるものだろう。もし老マルゲリトーネ[42]が
他人の偉業の開いた戸口に立って絶望し、
震え、気絶し、死んだのなら、
(彼らは、師を越えて芸術を愛することによって成し遂げたのだ)
彼は老いぼれマルゲリトーネだったのだ。そして、
青春の有頂天の時にも、決して、ある人の
あの夢のような聖母を構想したことはなかったのだ。
その絵は彼の心臓から死の溜息を吐かしめた。
もしもマルゲリトーネが、物欲しげに
チマブーエの月桂冠の香りに吐き気を催すなら、
追い払ってしまえ！　何故ならチマブーエは、
ジョットーの月桂冠にもかかわらず、立派に立ち上がった。

また画僧アンジェリコ[43]は、僧院室で、
天使たちが優美にゆっくり（彼が天使たちを描けるように
薄闇を白ませて）入ってくるのを、
出迎える微笑を絶やさなかった。彼には、
ラファエロの未来が、その優れた作品の力によって、
たちまちに明らかにされ、意識されていたが。
イルカが泳ぐ同じ青い海が
トリトン[44]を連想させるのだ。青い「大海原」に
泳ぎ出よ、泳ぎ手たちよ！　しがみついて
互いの邪魔をしあって、沈むなかれ！
強者の衝動を学べ。強者が進むうちに撥ね上げる、
新生への飛沫を捉えよ。彼の西へ向かう
澄んだ視線で時刻を認識せよ。
「神」よ、汝は、汝の天と「汝」の他に、
我らにそれなりの賜物を努めて得るようにしてくださった！
この世には、最も弱き人間にも
生きて死ぬ余地があると私が言う時、私は繰り返して言う、
すべての最も強き者には、立派に生き、独自の熱情によって、
自己の道に奮闘する余地があるのだ——
菫の甘い味覚をそそる蜜蠟にもかかわらず、
古巣を捨て去る新たな蜜蜂の群れのように。

だから生ける者をして生かしめ、死者をして冷たき墓花を
保持せしめよ！　――名誉は行動することにより与えられ、
彼らの行動の空しからざるを証明するのだが。
冷たき墓と言うか？
心臓や頭脳を熱く燃やす生者も、
死者の存在なくしては、冷えると証明されるだろう。
未来が立ち上がることは決してないだろう。
もし我らが過去を足下に沈めんとすれば、
礼拝堂からその古い屋根を投げ落としてみよ、そうすれば、
安定を欠いて、巣籠る燕も雌雄別々に飛び去ってしまう。
墓が少ないと、庭も貧弱になろう！
高い緑のポプラの木も梢がトロイに向いていないと、
もはや真直には伸びなかった[45]。アテネのために戦う者なら、
マラトン[46]にかけて誓わないだろうか？
墓が目につかぬのに、誰が敢えて寺院を築いたのだろうか？
死者の祝福を受けないで、誰が生きたのだろうか？
もし、見上げた空の太陽の中に、殉教者の守護天使が
終日立ちつくし待っているのが見えなければ、
誰が真理を探究し、善を期待し、正義を求めて奮闘するだろうか？
最後のリズムには、最初の主調音が必要となるだろう。
もし今は亡き私の巨匠たちが、天地を助けて

私を強くせんと意を用いなかったら、
私はこの詩を歌うことができようか、
ちょうど風がいつも葦を見出してそっと触れ、
かくも弱きものに備わる成果をあげさせるように？
何人も死者に対して、なみなみと湛えた杯から
美酒を注ぐことを惜しむなかれ。
もし我らが背後に広がる丘を振り返るまいとするなら、
我らが前途に広がる平原は悲しみ当惑する。
もし孤児の身となれば、我らは廃嫡されるのだ。

私はこれら涙壺を使用に供し、
オリーヴの森から新鮮な油を注ぎ、
新しいランプとして取りつけられたら、と望むばかり。
二、三週間前、欣喜雀躍する愛で、
なぜ私の心が鼓動したかを話そう。——

その日は、太陽の恩を受ける
フィレンツェらしい日であった。頭上の空はその重みを山々に預け、
元気一杯で速く飛びすぎた鳩のように、
栄光に包まれ胸弾ませているように見えた——
そのイメージはとり去れ！　というのもあの日[47]、

フィレンツェでは、人の心はさらに高く鼓動し、街路も
辻もすべて、喧騒と欲望で満ち溢れていたのだから。
人々は、累積した情熱を持ち、顔を一方向にむけ、
一つの炎が彼らを引きつけ、焚きつけているかのように、
昔からのいつもの通り道を後にして、
ピッティ宮殿へ向けて進み行き、
「大公」[48]に感謝した。大公は、もちろん十分ではないが、
人民の要求に応え、市民たちが家庭を護るために
市民軍を使うことを、慈悲深く許可した。
それで、トスカーナの都市は、ことごとく、
フィレンツェの、この新しく
善なる源へと流れ寄った。今までのところ善し、
さらなる善を予感せしめるものと思って。――
イタリアの自由の最初の灯火、
強欲の発作に憑かれてごく近くに迫る
次の虎の顔に投げつけるために灯されしもの。――
なめらかに流れる血潮の最初の鼓動、
了解され認可された諸権利に対する
イタリア気質の水準の高さを証明するもの。
私たち夫婦はグイディ館の窓から熱心に見つめた。
彼らは整然と行列を組んで――旗をあげ、

断続的に声をはりあげて軍歌を歌いつつ。
その歌声も、音楽をしのぐ歓喜に驚いたように、
歓呼の叫びに消えていった。——ひきもきらず
通っていった！　勲章をつけた長官が通った。——
人々はみな、太陽を浴びて叫んだ。
（とうとう家々が溢れたかの如く）
青色や緋色の絹布のさざ波を投げ下ろした
無数の窓という窓は、
美しい貌と目を備えて大きくなっていくように見えた。
法律家たちが通った。——やはり歓呼の叫びが上がり、
窓から手がつき出され、月桂樹の葉を投げて、
あの謹直な穏やかな額をびっくりさせた。
僧侶が通った。——世慣れた鋭い視線を
顎鬚から斜めにちらと街路へ投げて、
誰が叫んでいるのかを見る托鉢僧たち。
腰に長い綱を帯びている修道士たちも大勢そこにいた。
そこで民衆の狂喜は「万歳」を吸いこんで、
辺りの陽当りのよい大気を飲んだ。一方、
ざわめき交す窓を通して、ハンカチーフに包まれた
無数の手が昇ったり沈んだりしていた。——
「教会は、新教皇[49]の名に於いて、堂々と歓迎する」

「殉教者たち」の黒い喪章が続いた。
――（名を呼ばず、黙して墓を数えよ）
次には「芸術家」たちが眺められた。その次は「商人」たち、
その後には「民衆」たちが。旗と標識、有効な諸権利、――
他ならぬその標語「民衆《イル・ポポロ》」に対し、
声高い叫びが発せられた。「イル・ポポロ」――
その言葉は公国、帝国、主権を意味し、そして
そのような時には、王たちも、そのように解釈するだろう。
次には、それぞれの階級に応じて、旗印を掲げ、
列をなすトスカーナの独立した各邦の
委任を受けた代表者たち。
シエーナの雌狼は、第一番旗の襞山で
毛を逆立てながら、ピサの兎に先立っていた。
マッサの獅子は、黄金の毛に包まれて静かに漂よい、
ピエンツァのは銀色の眼を光らせて続いた。
アレッツォの軍馬は馬勒から離れて躍り跳ねていた。――
我らのフィレンツェが、これらの兄弟を、更に多くの同胞を迎え、
歓呼の叫びをあげるのも当然だった。
殿《しんがり》に、世界は多産の脇腹から様々な子供を送っていた――
それぞれその国の表象を恭しく捧げ持ち、隊伍を整えた
ギリシア人、イギリス人、フランス人を――

世界のイタリアを愛する者たちの議会へ送るかのように。
それを見て、石は砕けて謝意を示し、空へむけて
音をたてるように思われた。そのような音が事実、響いた。
家壁までが会釈しているように思われた。
窓までが、戸口から屋根に至るまで、
有頂点に輝く顔、顔を閃めかせ、
葉の烈風を渦巻き起す仕種を、
情熱的な眼差しで繕っていた。
これらすべてが通る間に、三時間が経っていた。群衆の中で、
素朴な人々は、顎鬚を濡らす涙にも気づかず、たえず叫んでいた。
声高く笑う者もいた。しかし、一人として、
なぜ笑いなぜ泣くのかを尋ねる者はいなかった。
友人は互の頬に接吻を交わし、長い間敵対しあってきた者は
いっそう熱をこめて接吻しあった。生後二ケ月の赤ん坊も、
母親の腕の中で、天に向かってとび跳ねた、
その母親は黒い大きな光る目で余所見していた。
恋人たちは互に前へ押し合い、後を振り返ることはなかった。
艶やかに着飾り髪を房に編んだ百姓娘は、
喉元の緩い大きな真珠の首飾りを
指先で玩ぶのを忘れていた。年老いた盲人は、休もうともせず、
杖でパタパタ音をたて舗道の石に沿って靴を滑らせ、

まるで本当に見えているかのように微笑んだ。
おお天よ、思うに、あの目は「神」の数ある日々の中で
高貴な御用を授かっていたのだ！　「正義」と「法律」は
互に慎しみあって近く寄り添って立っていた！
「法律」は傷つけることなく、「正義」も拒絶することなく、
それぞれ畏敬の念を抱いて互いを尊敬しあった。とはいえ、たとえ、
あのよき日の太陽が葡萄の木に勅許を与えずとも、また、
寛大な公爵の越権行為が、あの日彼が認可したことの
特定の現実の公正さに於いて、「ゲルフ党[50]」や
「ギベリン党[51]」のものをほとんど越えてはおらずとも、
やはり、その徴候はよきものであり
前途を約束するものと、言わねばならぬ。
双方共に一つの日射しを浴びて、大衆は祈願を抱いて
諸侯に近づき、諸侯は祈願する人民の権利を
承認する時には。そのように発せられた悲嘆は絶望ではない。
伏せ屋出身の者も、公爵の座から来た者も、
共に不当を憎む時、王権の要求といえども狼狽させることはできぬ。
「自由、一致団結万歳。神の恩寵に援けられる
真に勇敢なすべての愛国者よ、万歳！」と銘記された
あれらの旗が、支配者の面前で
波立つのを眺めるのはいいことだった。

レオポルド二世が、彼の幼い子供たちを
ピッティ宮殿内の自分の立っている窓際へ引き寄せて、
「彼ら」もまた人民の望むように統治すべきだと
示唆したのは、良いことだった。
その時何という叫びが上がったことか！　この上なき善き光景を
見た人は、目に善良な温かい人間らしい涙がこみ上げ
満ち溢れ、こらえきれず流れ落ちた、と断言した。
私は大公の顔が好きだ。顔の造りは
何ら広い天賦の才を示してはいない。がおそらく
理解力は充分あるだろう。——柔和で悲しげで
気高い配慮に満ちている。——他人を窒息させ狂わせる
自愛心を包む気苦労ではなくて、
信頼と義務への怠慢を避け、
利益の収集に苦しみを増すことのないように
努める心配りに満ちている。だから、
「神」よ、「大公」を救いたまえ、とあの日叫んだ人々と共に、
私も言うのだ。大公たちが統治される間、
すべての人が、目に見える元気横溢の中にも、
あの心配りゆえの、苦痛の表情を帯びんことを！
「神」は安逸よりその方を愛されるに違いないのだから。

あの「大公」に心情を吐露するために行った、
といわれる人々が——その元気な人々が、
どこで会集し、会合の約束を守り、列を整え、
指導者を選び、初めて旗を広げたと思うか。

ロッジア[52]でか。チエッリーニ[53]の
神々しいペルセウス[54]像の安置されている所か。
あの像は青銅か黄金製で（人の目にあれほどの魂を投げつける時、
その金を何と呼ぶのか）額も剣もこの上なく平静だ、
敵対するものはすべて、ゴルゴンと共に殺され、
滅んだからには、もはや嫌悪することもないので。

否、人々はロッジアでペルセウスから
翼を得ようとはしなかった。また傍らの場所[55]で、
ごつごつして堂々としたブルータス[56]の
あのほの暗い胸像から、霊感を懇望することもしなかった。
あそこで、ミケランジェロは熱情をこめて
固く密な大理石からローマの最も崇高な
殺人者の頭を彫り出そうとした。
ところで、神々や剣士は夥しく見出せる
フィレンツェ中に、ブルータスのモデルは

では彼らは誰を選んだのか。彼らはどこで会合したのか。
周囲を見渡した後、自らの守護天使を知るのだ。
素朴で盲目の粗野な人々は、
あそこでもなかった！ 人々は更に神聖な地を選んだ。
手から震える槌を落としたのだ。
素材一つ見出せず、彼は絶望して

ダンテのものと呼ばれる石[57]の上で――
舗道の他の石とほとんど見分けもつき難い、平凡な平たい石、――
その石の上に、ダンテは地味な椅子を持ち出し、
ブルネレスキ[58]の教会の方を向き、
意気滾る時は独りその溶岩を注いでいた。
きようは寒くはない。おお熱情の人、
哀れなダンテよ、追放のフィレンツェ人、　汝は、
偉人の宴席に威儀を正して連なり、
遥か遠い故郷のこの汝の石に想いを馳せ、
しばしば通りすがりの人が、黄金色の日も暮れる頃、
いつも一瞬立ち止まり、「おやすみなさい。親愛なるダンテ！」
と呼びかけていたことを思っていた。――では、おやすみなさい！
ダンテよ、今は「**私**」が黙想し、真実思うのです、
もしも、トスカーナの人々が、汝のお気に入りの石を、

最古の人民憲章をそこから予見する会合の場所として、
　正しく選んだと、汝が知ることができれば、
人目につかぬ傍道の礼拝堂に納められているけれど、
ラヴエンナの汝の遺骸[59]は歓喜におののくだろうと。
ダンテよ、今後は、おやすみなさい、お早うございます！
今や私の魂は確信する、
汝の魂は嘲笑から慰められ、汝の如何なる遺骸をも
拒まれたサンタ・クローチェの教会で、建築家と
石切人が汝の墓として大理石を空洞に積み重ねた時よりも、
完全に癒されて地上を見下ろしていると。
というのは、もはや汝は追放の身ではなく、
今は最も尊敬されているのだから。
ジョットーが壁に描いたよりもさらに穏やかな額をして
昔なじみ石の許へ帰っている汝を、我らは迎える。
当代の汝を愛するよき人々が、幾層にも堆積した
時の汚物をつき抜けて、退屈なバルジェッロの部屋[60]への道を
踏み固めて造り、そこへすっかり目を覚まして飛び入るために、
汝は帰ってきた。今や汝はいっそう穏やかな目つきになっている。——
今やベアトリーチェ[61]は、汝が天国の彼女の傍近くにいても、
九才の時、五月祭の折に美しく見えたあの笑顔にも似た、
汝の初めての微笑を摘み取る喜びに、躍り跳ねるだろう。

何を私は言っているのか。私はただ言いたかったのだ、
あの優しいダンテは故郷フィレンツェを充分愛していたし、
一方、フィレンツェも今や満足して彼を愛していると。
さあよく聞け、生ける者から死者を
見つけるために送られた愛の貴重な香煙の
つきさすような芳香は、怠惰な生活者には
嗅ぐべくもない。――それは決して催眠剤ではない、――その香は、
眠気を誘う調べに合わせて香炉で振られるのではなく、――
熱烈で鋭敏な人々によって、朝の大気の中で踏み消されるのだ。
彼らは予示された目的へ確固として歩み
忘れられざる偉業の名を使い、
どんな偉業が為されるか瞑想に耽るのだ。

というのはダンテは天に座し、汝等は地に立っているのだから。
彼の石の上で年毎に会合し、貴賤とりまぜ、
行列を、町の謝意を、ピッティ宮殿へ
移動させる以上に為すべきことが
残っていると、皆が感じているに違いない。
汝らはあの日感じられたこと故にいっそう自由になっているのか。
車輪は速く回転するかもしれぬ、だが戦車は
全く動かぬかもしれぬ。もしあの日が何かよきことを暗示し、

一つの目的で、一人一人魂を向上させたとしたら、――
向上するとはより自由になることだ。国家の同胞精神は最も強大だ。
人間は、概して、可能性の実態そのままであり、
――国家は、人間がかくあらんと欲するままのものだ。

それ故、イタリアよ、強くならんと意を決せよ！
気高くあらんと意を決せよ！　オーストリアのメッテルニヒ[62]も
首が同意せぬ限りどんな軛も掛けることはできぬ。
汝の首は、首の下にしげく置く露が震える時の
獅子の首のようだ。誰一人、その鬣《たてがみ》を
撫でさする人になりたいとは、思わぬだろう、
ましてやその鼻孔を葦で刺そうなどとは。
諸国民が獅子のごとく吼える時、誰がそれを手なずけ、
河岸の本来彼らに帰すべき牧場を横領しようと思うだろうか。
だから吼えよ！　汝の露払いを大きく揺すり乾かせ。
扉を開いた円形演技場は、
最後の槍兵に喝采する観衆を引き戻すのだ。

しかし、暴力には暴力で対抗せよと、
断じて激情に訴えるなかれ。
この円熟しつつある世界で、人々が過去に為し

今も加えている不当な仕打ちに対して、獅子狩りや獅子の復讐を
断じて暗示するなかれ、槍は鈍りつつあるとはいえ。
我々はただ声をあげるのみだ。獅子の力の証明を
見せても、何も傷つけることにはならないのだから。
獅子の心を見せ、馬の蹄と獅子の前足とを拮抗させることは、
何かの助けになる。さらには、敵に猛襲だけでなく、
いかにして平然と構えるべきかを教えるだろう。
さもなくば世界は、全く無法な攻撃を
受けるか、加えるか、躱《かわ》すかにすぎぬ。
子供らは頭脳を使う年令になるまでは拳固を使う。
だから我らは人間の正義を助けるカエサルを必要とし、
要点が見落とされそうな時は
「神」の忠告を解説するナポレオンたち[63]を必要としたのだ。
ついには我らの子孫が、キリストの偉大さにより近く
達することもあろう時までは。ああ、悲しいかな、
我らはまだ達してはいない。しかし、騎士ローラン[64]が
卑怯者の尻込みを軽蔑したように、ほんの一インチでも
剣士の突きを蔑視する位には高められるだろう。
クロロホルムやエーテルから醒めた後、
蜜蜂や鶸《ひわ》が素速く見つけたものを、我らはゆっくりと、
各自の中にある「本性」の灯を通して、見出すのだ。我が民族に

個人の権利の正当なることをいかに証明し得るかを、
我らが所有物なるブドウに手を伸ばす時、
子供らの使用に供するには梢をいかに曲げるべきかを、――
不和の断絶をオリーヴの枝[65]でいかに満たすべきかを、――
嘘偽を真実でいかに消し去るべきかを、
敵の頬を、キリストの最も征服力ある接吻で
打ちのめす方法[66]を。ああ、これらは
偉大な国民の発見に値するもの、好戦的な諸王の
「華々しき武器」の弱さを証明するものだ。
我が祖国イギリスよ、抱擁の腕を広げ、
この世界の偽れる、焼尽間近な火炎の
邪悪な熱や揺らめきを消すに努めよ！
壮烈な矢を森へむけて引け。
汝の高き望みと更に高邁な決意を、
あの極めて篤い徳の高みから、広く鳴り響かせよ！
ついに諸国は汝を見上げて、
無意識のうちに大望を抱き、
善と栄光は別物ではないと学ぶだろう。
自由による法規を布告せよ。和平による勇武を賞揚せよ。
澄んだ平静な眼が威圧し得ると、
ただ農奴解放のために伸ばされた汚れなき手が

畏怖されるために剣を抜く必要は無いと、教えよ。
おお我が祖国イギリスよ、
汝の紫衣に皺《しわ》をつくるなかれ、他国の苦悩で、
他国侵入にむけての闘いで、罪深い戦争で！
汝の軍隊長たちを解隊せよ。汝の勝利を転換せよ。
今後は天使のように繁栄せよ、辱めるのではなく、
援助の手を差しのべて。

進軍太鼓や鬨の声は
明けの明星の調べの中に消えてゆく――
間もなく戦士に代わって思索家を擁することになるだろう。
どの思索家も、都市城壁や物見櫓に支えられることなく、
民族の中に電気のごとき猛烈な影響力を貫流させる
人間として、有能であるとわかるだろう。
詩人は昔（「幾多の英雄を殺したる
かのアキレスの怒りは[67]」と
ギリシアを歌い始めた時）よりも、
堂々たる顔つきに見えることだろう、――
詩人が真実に対する英雄たちの勲功を、
生涯の託宣を、レダの白い腕《かいな》を
滑り抜ける神性の白鳥[68]のように

甘美で畏れ多い先見を、歌に扱うことになるのを見れば。
それは逃れ去る神性の熱を残し、
人間という媒体に天国の光輝を授けるにまかせるだろう。

話変わり、このイタリアで我らが欲しいのは、
湧き上り潰れる民衆の熱狂ではなく、
民衆の良心だ。それは自覚せるものと盟約するだろう。
「市民自警団」を許可することが、生き生きと目覚めた
市民精神を許可することにはならないと、
赤面することなく認めよ。
市民よ、汝らの目が痛くなるまで脇見して見つめる
汝らの肩章は、（その間なおも、群衆は
賞賛とアーメンの中に、
祭日には華麗な光景を見んものと、
詰めかけるが）――知性を示すものではない、
勇気の印ですらない。――ああ、いと気高きものの
印でないなら、その肩章は無に等しい。
というのも汝らは、土色した牛を、頬に垂れる
総《ふさ》飾りで装ってやるではないか。求められもせぬのに、
牛は重い頭を垂れ、葡萄酒を引きずり、
初めての日に教えこまれたように軛に耐えるが。

汝らが求めるものは光なのだ――たしかに
太陽の光ではなく――（紫色帯びた丘陵を養うあの限り知れぬ天を
汝らが驚いて見上げるのは無理もないが）
――「神」の光に似たもの。意識的で賢明な
自覚せる人々を導く栄誉を授かった、
高邁な魂の中に組織された神にも似たものだ。――
というのは、もし我らが人民を土塊の如く持ち上げても、
それは落ちてもとの如しだから。我らは汝を求めているのだ、
おお未だ見出されざる至高の師よ！　もし汝の顎髭が
灰色か黒色なら、我らは、汝に、大地より立ち上れ、そして
「神」が汝に語れと授けられた言葉を語れ、と命ずる。
周囲のこれらの人々皆に、熱狂を、ではなく、
すべての高潔な熱情に率先して
罪を浄めその時来れりと告げる思想を、吹きこんで。
師よ、立ち上れ！　ここに
国家を形成する群衆がいる！　――各人を
一人の人間にすることから始めるがよい。
すべての人々が、認識力と胆力に於いて、
この世の真の愛国者と純粋な殉教者との同輩になるまで。
開け放すがよい、ペテロの後裔が二十日鼠しか通れぬほど
ぴったりと閉じた扉を。他方、どの神父も、世間並みに

大きな鍵を腰帯にぶら下げている、そしてキリストの御名において
拒否しているのだ、柔和ながら。神の館を広く開けよ。
キリストの寛大な心をもって入館を認めよ。そして
「神」の葡萄酒とパンで食卓を調えよ。
何！「両方の聖餐拝領をするのか[69]」だと？　あらゆるもので——
無限の葡萄酒、聖パン、愛、希望、真実、
何ものも控えられることなく。というのも、人は星の輝きが
見えぬ時、バラが紅いとわかろうか。
「ああ、禍《ヴァエ》なるかな！　我が罪《メア・クルパ》は！」——と、
イエズス会士の足元に震える奴隷が
専制君主の足元に自由民として立ち、
手にもった秤で自らの諸権利を「彼自身の権利《スオ・ユーレ》によって」と
計量し、論争などしそうにはない。
枝を大切にするなら根の手入れをせよ。
市民の英雄を求めて奮闘する前に
人々の内なる魂を広げよ。

だが師は、どこに？
生き生きしたこれら群がれる顔から、
目蓋からおのずとあらわに閃めく目から、
活動的な生活でより深い陰影を宿そうとたくらむ

額から、――我等が敢えて指を伸ばし、ある人に触れて、
「この人が指導者だ」と叫ぶことは
断じていけないのだろうか。ああ何なのだ、これらすべては！
広い頭部、黒い目、――しかも伝言携えて
「神」の御許から走り下る人は一人もないのか。どの人も
扇を揺すって拍子をとる貴婦人にとり入るためで、
脆いて最後の審判を下す天使を喜ばせるためではないのか、
（審判のラッパは彼の唇からほんの一インチ離れているのみ）
次に呼吸する時には、その天使が太陽を消し去るであろうに。

けれども人類自身が、為すべき偉業がありながら
それを為す人間を欠けば、光彩を失い崩壊するだろう。
見よ、驚愕せる大地はすでに再び光彩の中に浸る。
より良き日が始まっている。
ほどなくこの指導者、師が、はっきりと立ち、
黄金の風笛を造り、聖なる調べを奏するために
民衆という風琴を合成するだろう。
我らはこの希望を抱いて、常にこれらの人々の眼の中に、
深い眼差しを探り求め行く。その眼は、
漲る思いを、水路開いた企てへと、流出させるだろう。
その師はどこにいるか、立派にやるであろう彼は、

今は何をしているのだろうか。
ルターのように、修道士の縄で腰を締めているのか。
テル[70]の如く山羊を追っているのか。空が青く晴れていた時の
マザニエッロ[71]の如く、急いで魚網を乾しているのか。
百姓仲間のように、お気に入りの愛児に
むきだしの屈強な腕をからませて、
扉越しに考え深げな視線を投げて、家を守っているのか。
（だが、去年たっぷり二十房もつけた葡萄樹の
緑の若芽を子山羊が噛み切ったのを、見つけるためではない）
三重のビロード張りの玉座に安楽に座して、
他の教皇たちと同じように、「いと貧しき者[72]」の名に於いて、
貧しき者たちを祝福しているのか。
古い三重の冠[73]は、彼の揺るぎない額に
斜めに載っているが、その額はやはり、人民の希望を
承認してやるために、柔和に傾けられているか。

どのような手がこのきらめく軍旗《オリフラム》[74]を掴もうと、
どのような人が（祖国を解放せんと努める
最後尾の百姓であれ、先頭の教皇であれ）
出現し、教え、導き、大衆の中へ火を放ち、
これら空《から》の気胞を美しい空気で満たし、

様々の意志を包みこみ、意志の統一体という球にし、
イタリアを一つの国家に形成しようとも——
その人は愛され祝福されよ！　大地が彼のために育てた
葉一枚たりとも、「天」は枯らせはしない。
いっそう確実に生きるために、「死神」も彼を「生命」の懐に
投げ返すだろう。ナイフ握りしブルータスが、
英雄を讃えるクラリオン[75]の音色に包まれて、
束桿斧持ちしリエンツィ[76]が、ローマの石の下で
胸を弾ませる。——魂の美が遮られることなく、
完全な姿で輝くように、パラス[77]の如く、
喜びの横笛を投げ捨てた更に多くの人々が。
しかし、もしも教会の威嚇という雷を轟かせる人[78]が、
唯一の灯のために、弾劾の炎を保留するということが——
死滅する国民に聖餐杯から新しい生命を注ぎ、
同国人の弱き腰を締める帯に
教皇の深紅の礼服を裂くということが——
真実であり得るなら、彼こそは、
ローマの他の者たちすべてに、英雄たち、
愛国者たちに優ると、私は思う。また、彼は、
玉座に坐った時、初期の者たちの墓から
栄光を幾分か取り上げたのだ、と私は思う。

繰り返し知れ、この救国は名誉ある偉業であることを。
もし凡人がそれを成し遂げるとしたら？　結構だ。
では、金持が為すとすれば？　素晴らしい。王なら？
それは崇高なことになる。僧侶なら？　ありそうもない。
教皇はどうだ？　ああ、そこで打ち切りだ。
そこまで我等の信頼を飛躍させられはしない、
首の周囲にあれほど重い歴史の鐘をまきつけているからには――
とはいえ、ピウス九世よ、汝のためには
その可能性を我らは喜んで認めたいのだが！

その時は汝の足を伸ばせ――教皇の御座へ巡礼がするように
私はその御足へ恭しく口づけしよう。
そんなことが有り得ると証明されるなら、私には、
汝の玉座は、ペッリコ[79]のヴェニスの地下牢と同じくらい
神聖な場所に思われるだろう。或いは
シュピールベルク要塞監獄の鉄格子のように。
ロンバルディーアの女[80]は、彼女の甘美な魂という薔薇を、
他ならぬその露の重みで格子につり掛け、やつれはてて早死した。だが
彼女の日光を塞ぎ囲むのを感じ、遅すぎた死であった。
彼女が苦しんだものに比すれば、
そうだ、教皇ピウスよ、私は、汝の玉座と、雨露にもかかわらず

永久に赤い染みのついた地点との、二者択一をするつもりはない。
そこで「二人」はオーストリア人の弾丸に穴だらけにされて
倒れたのだ、バンディエーラ兄弟[81]は。彼らは、
同じ母から生まれた声と顔をもって（彼らの発言が
無敵たらんがために）正義の「神」の面前で、
この世の迫害者の罪を告発する。ついには怒りの雷電が、
「神」の掌握のうちにありながらも、緩み始めるまで。

しかもなお我らは警戒せねばならぬ。
事件や職務上の、自然に結ばれた
親戚知己に注視せよ。
次のような者を信用してはならぬ、
貧者の小屋で道理を説く金持ちを、
統計上の事実を証明するために純粋な真理を軽視する詩人を、
平坦な道を求めて轍を離れる子供を、
自分の手袋は何の恩寵も発しないと誓う僧侶を、
徒歩で行く王子、恋はしないと誓った女を、
アンドレア・ドーリア[82]の額をして、グレゴリウス七世[83]の椅子に収まった
このピウス九世を！

あの三重の冠を被るまで、教皇擁立のために投入されたものを

数えあげよ、我らは、教皇確立のため
全世界に及ぶ苦痛を通り過ぎる、
――自由人、善人、賢人の絶望を。
恐怖に引きつった女の顔、蒼白の唇の微細なそよぎや震え、
睫《まつげ》のわずかな震えまでが、
投げ出された薪束の炎に照らし出され、
天下御免の群衆の血走った凝視を満喫させるのだ。
秘密地下牢の短い狂った叫び声。遠くの恐ろしい水音。
略奪訓練を受けた僧侶。
悪夢の続きのように、
運命の恐るべき光景や警句の重圧に悩む
国民の心の上に胡坐《あぐら》をかく王――
我らはこれらを通り過ぎる、――なぜなら「時代」は
この重い罪全体の告発を避けられないからだ。
「カルヴァン[84]は、その他に、セルウェトウスの
火炙りを敢行した。ああ、人間は誤りを犯すもの！」――
教会も誤りを犯す！　ということを、我らは、
肥った牛や痩せたのや、神学上の牛の記録簿で
証明しよう[85]と思っているのだ。
だから彼らを檻の中へ追い返せ！
(「彼は言った」と「私が思うに」という胴着をつけて)

昔の罪はすっかりその時代のせいにせよ。
この権勢並びなき誤ちなき「教会」が、
何故その時、正にその時、いとも高らかに
鐘を鳴らしえたのかも、問うことなかれ、――歓喜に輝いて、
正確にその時に、人類は胸元までどっぷりと
罪の中に浸りこみ、「天」の審判の欠けざりしその時に。
ましてや問うことなかれ、全き霊感と
純正な法からなる教会が、どのような意味を持つかを。
時代が、確かに、拷問と焚刑に慣れているが故に、
教会は、第一番目の人を硫黄の松明で焼き殺し、
第二の人の骨を砕くのである！
時代を畏敬させてその罪を抑えないのなら、
神聖な「教会」とは何で**ある**のか。
キリストは、地に降りて、愛と慈悲を教えるために、
かくも温雅な時代を選んだろうか。民衆の尊敬という
ささやかな葉を得るために生きる純粋な偉人たちが、
ただ時代の慣習に特殊な違反をしている、即ち、
思想と行動に於いて幾分先走りしているが故に
目的を達しないとすれば、全世界は破滅するだろう。
時代との隔絶は、彼が同時代人よりも高い存在であると
示したのだから、同時代人を驚嘆させ、

大望を抱かせる助けとなる彼の能力を証明したのだ。
私の言葉に偏屈者の考えという罪は無い。
私の魂は、ローマの教会であれ、他の教会であれ、
教会内部であれ、外部であれ、これらの人々の
魂の炎と混じり合う炎を持っている。
私はある一人の「僧侶」と寺院を信頼している。
その寺院の輝く碧玉敷きつめた床は、朝な夕な、
無数の熱心な聞き手の膝によって、輝きも鈍っている。
水晶の壁はあまりに透明に輝いて知覚し難い。
誰もその場所を測って「そこまでは斑岩、次は、
火打ち石――この印まで慈悲が及び、
そこで恩寵が終る」と言わぬように。
透き通った水晶は、やはり宇宙に浸り、
白光に輝く星空の彼方を示唆しているけれども。
自然の結氷面が、黙せる「造物主」の底なす泉の痕跡を
どのように保っているかを、私は感じる。
我らの間で木に磔にされたキリストを示して
明瞭に語る福音書を、私は信じる。
真実を愛する人々すべてを、私は愛する、
彼が真実から獲得したものの多寡にかかわらず。

罪で黒く汚れたどんな祭壇も手も、
私を威し追い払うことはさせぬ、私はこれらの人々と共に
祈りかつ食したいと思う。——水差しを選ぶのをお許し願って——
最後に言いたい、「目に映る汝らの教会は
内部の様式を欺いている。もしある教会が
失敗も敗北もなく存立していると請け合うなら、
その教会は信義に欠け、かつ嘘をついているのだ」と。

過去幾年を通じての広範な話題という誘惑は捨てて、——
見よ、我らは、教皇権から教皇その人に戻り、
教皇は「どう**あれば**いいのか」を大胆に求める前に、
彼の魂に信頼する我らの重い希望をこめて、
彼は「どう**あらねばならない**か」を考えるのだ。だから、
時代の暗黒を通して伝承されてきた
僧侶の大外衣に包まれたこのミイラを
一襞一襞調べ、包衣の中のその人を捉えよ。そして、
まる五十年、人間が何を学び得るかを見守ってきた
正直な人、彼が、どのように知恵をめぐらせて、
まさにそこに達したのかを、はっきり見届けよ、
古めかしい小銀貨をどのようにひっつ摑み、三途の川の
船賃[86]を稼がねばならなかったかを。眠気を誘うどんな食物《ソップ》で

騒々しく叶える番犬の頭脳を浸さねばならなかったかを。
天国の幻像を得るため、覚醒した思想とは相入れ難い
希望をまとった、色あせた伝説上のどんな幽鬼たちを
もてなさねばならなかったかを。
正午に時計を止め、（ネジを無駄に巻くことなく）
鐘楼からのすべての鐘の音に抗して、その時刻を
犯すべからざるものにせねばならなかったことを。
そう、どの教皇からも、たとえ彼を愛していても、
何かをさしひかねばならぬ、——その通り、ご存知のはず——
汝らの憎む異教徒たちが、自分のものと、
明きらかにそうなのだが、思いこんでいるものを。
教皇たるもの、少しは教皇たちを固守せねばならぬ。——しかり、
ニケアからトレントに至る幾多の宗教会議[87]で、——
多かれ少なかれ人間に対しては無責任な
聖職階級組織の絶対権によって。——
彼は各人の特定の良心を憤らねばならぬ。
暴君が内紛を鎮圧するように、
質問を、瞑想を、議論を抑圧せねばならぬ。
また彼は真理を危険なほど愛しすぎてはならぬ。
むしろ「教会の利益」の方を好まねばならぬ。
（白毛皮には、衣魚《しみ》の方が綻びよりはましだから）——

人々が熱い雑炊を飲むのを甘んじて見ていなければならぬ、
その雑炊を彼の傭った神父たちがかき混ぜる、
唯一の真の「神」の標語、
「ペテロよ、我が小羊を養え！[88]」を引用しつつ。——
牧羊者の鈴と杖をもって、
画家天使たちが見事に即席に描いた「聖母」像の
（ジョットーが描いたのに比べれば、半分も美しくないが）——
この種の画の証明となって、
肖像を描かせることに同意しなければならぬ。
死者の血が毎年神父の指の下に
温かく流れるという、硝子瓶の証言をしたり、——
無数の天使がベツレヘムからロレトへの運搬人になった[89]
石と木で造られた聖なる家の証言をしたりしなければならぬ。
この世の教皇が壁龕高く設けたこれらの贋物に対し、
石を投げつけてもいいものだろうか。
背教者のみが偶像破壊者なのだ。
後者の贋物が前者の本物を扇動する間は、
教皇は「これは贋物だ」とは敢えて言わぬ。
彼は断食と祈りを続ける。祈りと断食が
途切れることなき弦の上の楽の調べを変え、
虚偽を美徳にするための銀のフレットだから。

今、もし彼がこれ以上のことを為し、より高きを望み、
より大胆に敢為すれば、私は彼を危険に臨む教皇だと思う。
むしろ教皇だとは思わぬ、というのも彼の真実は、
彼の生涯の飛躍を妨げてしまったから。――確かに、
もし彼がこれのみをするなら、人類の敬意は、ただちに
彼を離れ、誰か新たな教師や指導者を求めるのだ。
彼は教皇たるものが為し得る行為に応じて
善良であり偉大である。教皇としての拘束を除けば、
極めて寛大だ。諸公がそうであり得る如く、
愛情深い、僧侶がそうである如く、誠実だ。
しかし、すべてが最も賞讃される時は、八世を継いだ
ピウス九世だけだ。最善で有望であるとしても、
彼は教皇なのだ――我らが欲しいのは人間だ！　彼の心臓は
温かく脈打つ、しかし、腰まで魔法にかけられた王[90]の如く、
彼は石に坐り、魔法によって硬化し、
高御座の玉座の大理石と化す。
穏やかな感謝の祈りを捧げて聖徒らしき腕を揺らす――
そう、その通り！　だが我らが望むのは、完璧で生き生きした
申し分なき人間だ。――石灰石半分では、我らの必要を
半分満たすのみ、我等の計画には役立ちかねる。
聖なる足、膝、腱、筋肉、活力とて、

汝が進まねばならぬような辛い道を走る者には、
未だ身に余るということはなかった。
汝、汝が誰であろうと、我らが捜し求める救い手にとっては。
教皇であれ、公爵であれ、はた百姓であろうと。
もし、本当に第一の人なら、それゆえ最も高潔だ！　何故なら
汝の内なる英雄心は卑しい部分、ローマの汝の同輩の聖徒に
屈従するあの束縛を破裂させるに足るほど偉大であるにちがいないから。
汝の同輩たちは十字を切るのと同じ指で呪うのだ。

来れ、現われ、見出されよ。
教皇であれ、百姓であれ、来れ！
山々がまっ先に黄金色の暁の冠を頂く時、その廷臣、
雄鶏が時を告げるのが聞こえる。昇る数々の栄光は、
最高地点で太陽に会すべく群がり集まる。
鶏鳴を聞いて働け！　我がフィレンツェの九門中の
どれか一つを汝が叩くのを聞こうと、我らは待っている、
その各門にはトスカーナの守護神の
気高い顔の像が描かれていた。その門を
全盛時の我がフィレンツェは、憎悪のため愛のため両方に、
彼女の諸邦にやって来る者すべてに大胆に向けていた。
ちょうど英雄たちが、その昔、華々しい勲功で

紋章を飾った楯を向けたように。
その門も、今はそのような像はなく空《うつろ》になり、
ペトラルカはもはやニコロ門から
親愛なるアレッツォをアカシアの木立の間に見てはいないし、
ダンテも、ガルロ門から見ることはないけれども――
紋章装飾は破壊されても、楯形紋奉献の痕跡が
残っているのを、我らは今もなお知っている。
もし万一敵が戦闘を開始すれば、亡き英雄たちの顔は
これらの門の上にとび出し、最初の鬨の声で、
生ける英雄たちと崇高に混じり合うだろう。
生ける英雄たちは、周囲を見渡し、いかに光栄ある仲間と共に
フィレンツェの敵と闘うかを知れば、
髪の毛一筋も譲歩するのを潔しとしないだろう。
あの偉人が、イタリアの栄光を援けるために
五百年間を捧げてきたことを知る時
世界が判事となるであろうが、
誰がその貧弱な一生を惜しむであろうか。
ダンテが留まり、アリオストー[91]が、ペトラルカが永遠に留まるのに、
アルプス山脈の美しい南側に生を享けたものなら、
誰が他所へ逃げ出そうと思うだろうか。我がトスカーナ人よ、
汝らは剣を持って来るのか。そうだ、この煙霧の中で必要なら

剣を持って来れ。だがまず第一に魂を！　――昨日の涙で
錆びはしなかったが、不当な仕打ちで怖るべきものとなった
思想や言葉を持って来れ。――そして、これらの拘束を切れ。
この青々と繁茂した嘘偽を根元まで刈り取ってしまえ。
刈り跡の下の地獄の口を閉めよ！
もし汝らが歌をも持って来ることができるなら、
リュートのやさしく癒してくれる楽の調べで
誰か詩人の手を浸さしめよ。民衆の情熱の
すべての爆発と叫び、民衆の知性の
すべての未熟で早熟な信念を貫いて、
布告し、叱咤し、純粋に、昂然と
空中高く挙げる指[92]を汝らが欠くことのないように
その指は示すのだ、
汝らの第一の「理想」が（鷹に手首をひどくつつかれて）
知らぬ間に頭上高く舞い上がり、見えなくなった時、
その白い翼をどの方角へ運び去ったかを。

話は変わって、世界の果ての遠い隅々から
昔の喜びの深い息を吹き返し、
今翻ったばかりのイタリアの旗を膨らませよ。
ヨーロッパの諸国よ、授けよ！　もしオーストリアが戦えば、

その太鼓の音は汝らの微睡《まどろみ》を妨げるだろうから。
もしこれらイタリア人の手が月桂樹を一本も植えていなければ、
汝らは、汝らの千人もの芸術家の額に月桂冠を巻きつけたろうか。
目を覚まし、また他人を目覚めさせようとする
ミケランジェロの石やラファエロの画架からの訴えも聞かず、
家の中に怠惰に坐りこんでおれる者があろうか。
プッサン[93]の師はどこにいるか。
ゴールのアヴィニョン[94]はラウラを生み育てた。また、
ヴォクリューズの泉は（エメラルド色の片翼で飛びかかり、
両側の岩を濡らす魔法使いの鳥のように）
小川を流れ出させる時、フランスの心をあまりにも強くかき乱した。
だからといって、彼女のペトラルカの国を
敵が襲っても、彼女がシャルルマーニュ[95]の剣を
腰に帯びようとしないとは。チリンチリンと鳴る
ムーア式の鐘と混ぜるために、より充実した韻律と
より精妙な思想を、いかにイタリアから得たかを
スペインが思い起すのももっともだ。
自由人の避難所である新世界さえも、
当然のことだが、嬉しき人々を送って
アメリゴ・ヴェスプッチ[96]の家に挨拶させるだろう。
一方イギリスは、詩のラッパを響かせて、

ヴェローナ、ヴェニス、ラヴェンナの岸辺[97]を要求し、
星座花と咲き輝くラングランド[98]のモールヴァーンよりも、
ジョン・ミルトン[99]のフィエゾーレを大切に思うのだ。

そしてヴァッロンブローサ[100]、昨年六月私たち夫婦が見にいった
愛しの友、――そこには
山々が聖家族の中に荘厳に生き、
成長の遅い松の木々は山々の中腹辺りまでたえず
這い登り、灰色の岩を抱く所でよろめき、
何度も岩と共に戻り落ち、
絶壁から盲滅法にはぐれ下っている。
ヴァッロンブローサの小川は、あの六月の日、
ブナの枯れ葉が散りしいて膝まで深く積もっていた、
ミルトンが盲目になり悲嘆にくれる前に見たそのままに。
修道士や牛たちもまた変わりなく同じままだと、私は思う。
修道院への巡礼を迎える
聖グァルベルト[101]の祭壇の燈心を
彼らはほとんど変えてはいなかった。正面の池は、
(中には、丘陵の流れに棲む鱒が放たれていて、
祝福の幻像と僧院食堂で使われる魚を待っている)
相変らず雑草が生い繁っており、

聖務日課書越しに魚を数え、
歩みの幅を狭めようともしない
聖徒らしき僧院長[102]たちを当惑させる。
おお、滝よ、森よ！　音響と静寂よ！
禿山は峯から峯へ聳え立ち、
紫色や銀色の霧の聖体衣を捉え、
日光の中の電気性を帯びた生命の呼び声に
互いに裂きあい共有しあう——私たちが
汝の姿形を定め、数もかぞえきれないまでに！
私たちは思わずにはおれない、
汝の美と栄光は、ミルトンの魂の杯を、そんなにも、
縁まで満たす一助になったのだ。それで目に映る
「自然」からの新鮮な泉水を汲んだ、その最後の絆の環を
神の御意志が視覚に対して粉砕された時にも、
もはや彼は渇きを覚えなかったのだと。
彼はこれに満足して、アダムの楽園を歌い、
ヴァッロンブローサを想い起し、微笑んだ。それ故ここは
イギリス人の大人にも子供にも神聖な場所であり、
巡礼たちは接吻してここに魂を残すのだ。
というのもイタリアは全世界の宝庫なのだ。そこには、

人生の擦りきれた織物から、縺《もつ》れた絹糸のように、
投げ捨てられた、心やさしき貴婦人たちの夢想が積まれている。
学者たちの空想という硬貨が積まれている。それは、
仕事日の勘定台で試されても、やはり銀の証しをたてて響く。
つまり、若い夢想家たちの頭が希望の枕を滑り
地に落ちる時を迎える前の、
彼らの夢という夢が積まれているのだ。事実、幾度も
我らは苛酷な北から、我らの魂を送り出してきた。
足跡を記すこともなく血を滲ませもしない白い跣で、
アルプス峠を登り、前方を見やったのだ。そこには、
ロンバルド河が、低く轟きつつ、庭園へ、
葡萄園へと延びている。夢の持つ値うちすべて、——
「最愛の夫よ」、あなと私が、後に、夢ではなく醒めた眼で
タスカン・ベッロズグァルド[103]から眺めた風景。
あの時、ガリレオが、夜毎、星を眺めるために立った
祝福された草地に、私たちが
現実に立ち、天と地を凝視していると、
どちらが美しいかを選択することは
むつかしいと、私たちは思った。
だから、爽快な気分になろう、英国にいようと

その他の国にいようと、
泉涌き流れ落ちる、この世界の寵児を幻想して――
トスカーナの音楽的な母音が、個々の永遠の甘美さを
もくろんでいるかのように、どのようにまろやかに
発音されるかを、少しは知っている我らは。――
葡萄酒で信義や歓喜を乾杯しあう前に、
絵本の中のソレントの葡萄を愛していた我らは。――
真理自身の神性を愛する前に、半神半人の英傑に
乳を吸わせたローマの狼[104]を愛していた、――
つまり、「愛の神」の本性を愛する前に、
古典文学にゆかり深い丘や小川を、オヴィディウス[105]の夢物語や
ペトラルカの歌を、愛していた我らは。――
神の御名に於いて人間の諸権利を求めて闘い、
挫折することなき南欧人のこの大義に、
我らの魂の祝福を与えよう。（彼らに強くあれ、
誠実な精神が悪に抗して祈る時、その祈りが達する高みまで
我らの祝福を運び上げよ、と望もう）

見よ、彼らは決して挫折することはないだろう。
その叫びは、ナポリでは、悲鳴を超えて高く上がり、広がる。
幾列にも並ぶ撃ち殺された死体は、埋葬終焉を待ちながら、

碧空へまっすぐ蒼白の微笑みを上げ、
彼らの死の黙示を照らす、パレルモの海辺からの
あの最後の銃の閃光[106]を気遣かっているように見える。
そのように死に就かせておけ！
世界は何の喪失も示してはいない。それ故、
血も失われてはいないのだ。天上であれ地上であれ、
兄弟たちよ、もし汝らが職務遂行の部署を守っているなら、
何の問題があろうか。剣が鞘に戻るように、
塵の肉体は墓土、だが魂は「天国」に場を見出すのだ。
英雄的豪胆は真の勝利であり、
聖餐のパンはパン種を必要としない。
汝らの目的には希望が無いとしても、我らは、
汝らの大義を神聖なりと讃えよう。戦え、――そして、
戦い終わらば、「神」の報酬として、かの正義を受け取れ！

（第一部完）

## 註

この詩はフィレンツェにあるカーザ・グイディと呼ばれる館にちなんでいる。（カーザとは、イタリア語で「家」を意味する）。ブラウニング夫妻は一八四七年八月からこの館に住んだ。サンタ・マリーア・ノヴェッラ広場近くのヴィア・マッジアにあり、アルノ河からも遠くないところ。この作品では斜字体を太字で表記した。また、詩行はすべて右揃えに統一した。原作は交互に字下げされている。

1　教皇ピウス九世　――ローマ教皇。一八四六年即位。彼の改革と自由主義の宣言は、その年イタリアでは大きな期待をかけて歓迎され、覚醒教皇の到来として新教皇に対する国民の喝采は大きかった。

2　教会　――サン・フェリーチェ教会。ブラウニング夫妻の住まいであるグイディ館のバルコニーの真向いにある。

3　あなた　――ここでは、代表の観察者、多分、夫のロバート・ブラウニング。

4　宮殿　――グイディ館は元は宮殿と呼ばれていた。

5　古《いにしえ》の歌人たち――フィリカヤなどを指す。註6参照。

6　フィリカヤ　――（一六四二～一七〇七）、イタリアの詩人、愛国者。トスカーナの元老院議員として有名。零落したイタリアが彼の詩の主題となっている。「イタリアよ、イタリアよ、運命が美という致命的な贈り物を与えし汝……」で始まるソネットはよく知られている。後のヨーロッパの詩人たち、ラマルティーヌやバイロン等にもエコーされている。

7　キュベレー　――フリジア、その他小アジア地方の女神、神々の母。穀物の実りを表象する。ギリシア神話のレアと同一視される。

8　ニオベ　――ギリシア神話の女性。多くの子を誇ってレトと争い、レトの子アポロン及びアルテミスに自分の子を射殺されて悲しみ、石に化した。

9　ジュリエット　――幸福を約束されながら不幸な運命を辿ったシェイクスピアのジュリエットは、昔の自由を失って没落の長い歴史を担うイタリアの擬人化として、キュベレーやニオベよりもふさわしい。

10　ヴェローナの空洞《うつろ》ナル」ジュリエットの大理石の柩　――［ヴェローナでは、ジュリエッとの墓として、石造りの空のを展示している。――E・B・B・］

11　アルノ河　――アペニン山脈に水源を発し、フィレンツェを貫流して地中海に注ぐ河。

12　四つの橋の下――詩人はグイディ館近くの四つの橋に言及している。アルノ河には七つの橋が架かっている。

13　ジョットー　――（一二六六?～一三三七）フィレンツェの画家兼建築家。

14　ミケランジエロ　――（一四七五～一五六四）イタリアの彫刻家・画家・建築家・詩人。原著では「マイケル」と表記されているが、「アンジェロ」と表記されている場合もある。読者の便をはかり、ミケランジエロと表記する。聖ロレンツォ教会の彼の四つの彫像、及び、ヴァザーリの『ルネサンス画人伝』中のミケランジェロの詩にみられる夜の像の言葉への言及。

15　ウルビーノ公　――メディチのロレンツォ（一四四九～一五一九）はウルビーノ公爵であった（一五一六～一五一九）。

16　ヴィア・ラルガ　――メディチ宮殿（現リッカルディ宮殿）前の通り。

17 雪の像を築けと命じ　――［人を愚弄するこの仕事は、メディチ大公ロレンツォの不肖の息子ピエトロによって課せられた。――E.B.B.］ヴァザーリの前述書に基づいている。E.B.B.は『オーローラ・リー』の中でもこの件に言及している。

18 その日　――イタリアが自由になる日。ミケランジェロの「夜」の像が目覚める日。

19 「セ　トウ　メン　ベッラ　フォッシ、イタリア！」フィリカヤ（註6）のソネットから。

20 まずは古代ローマの偉人たちの名前が列挙される。ウェルギリウス　――（七〇～B.C.一九）『アエネーイス』の著者。

21 キケロ　――（一〇六～B.C.四三）ローマの雄弁家・政治家・哲学者。

22 カトゥルス　――（八四?～B.C.五四?）ローマの抒情詩人。

23 カエサル　――（一〇〇～B.C.四四）ローマの将軍・政治家。

24 次にはイタリア・ルネサンス期の文人・芸術家の名が列挙される。ボッカッチョ　――（一三一三～一三七五）『デカメロン』の作者。

25 ダンテ　――（一二六五～一三二一）『神曲』等の作者。

26 ペトラルカ　――（一三〇四～一三七四）『カンツォニエーレ』等の作者。

27 ラファエロ　――（一四八三～一五二〇）画家・彫刻家。聖母子像で知られる。

28 ペルゴレーゼ　――（一七一〇～一七三六）初期イタリア音楽の巨匠。ナポリ派の作曲家。

29 グリフィン　――ギリシア神話より。ワシの頭と翼、ライオンの胴体とをもつ怪獣。古代中東の伝説に起源をもち、建築装飾や紋章に用いられる。グリフォンともいう。

30 サヴォナローラ　――（一四五二～一四九八）イタリアのドミニコ会修道士で宗教改革者。火刑で殉教した。［サヴォナローラは一四九八年三月の昔、カトリック教の腐敗を告発証言した咎で火刑に処せられた。今日になって、フィレンツェでは、彼の苦しんだ舗道にスミレの花を撒くのが習慣になっており、記念日を感謝を込めて認識する。――E．B．B．］

31 ペテロの船はカトリック教会の隠喩。蓄積された莫大な教会財産と裏腹に信仰面では堕落を究めたカトリック教会への批判的言及。

32 ルター　――（一四八三～一五四六）ドイツの宗教改革者。

33 大公　――メディチのロレンツォ（一四四八～一四九二）のこと。彼はフィレンツェの自由を犠牲にして権勢を強めた。フィレンツェは一五三七年メディチ家の公領となった。

34 星の眼差し　――「ヨハネの黙示録」八章十～十一節参照。

35 老ユバル　――「創世記」五章二一節参照。

36 アサウ　――「歴代誌第一」六章三九節参照。

37 ミリヤム　――「出エジプト記」十五章二〇～二一節参照。

38 マキアヴェッリ　――（一四六九～一五二七）フィレンツェの外交家・政治家。策謀政治を唱道した。

39 オルガーニャ兄弟　――オルカーニャとして知られるイタリアの画家・建築家・彫刻家。画家の兄弟とともにダンテの『神曲』の地獄編からフレスコ画をサンタ・マリア・ノヴェッラ教会のストロッツィ家礼拝堂に描いた。

40 チマブーエ　――（一二四〇～一三〇〇）画家。イタリア・ヴィザンチン風の古い伝統様式を守った最後の人。ジョットーの師。フィレンツェのサンタ・マリーア・ノヴェッラ聖堂の聖母像のほか、各地に壁画・モザイク画が残っている。

41 ある王　――［アンジューのチャールズは、フィレンツェを通過する際、まだチマブーエの仕事場にあったこの絵を見ることを許された。民衆たちはこの王に続いた。そして万人の喜びと賞賛から、画家の住んでいた市の一画は「ボルゴ・アレグリ」（うれしき村）と呼ばれた。その絵は意気揚々と教会へ運ばれて安置された。――E．B．B．］

42　老マルゲリトーネ　――（一二三六～一三一三）、チマブーエの作品と同じく、ヴィザンチン風の伝統様式をモデルにした彼の作品も独創性を示した。しかし彼は、チマブーエやジョットーの新しい画風の中により偉大な独創性と将来性を認め、半ば嫉妬を覚えていた、といわれる。

43　画僧アンジェリコ　――（一三八五?～一四五五）イタリア、フィエゾーレのドミニコ会の修道士画家。作品はすべて宗教画。最高の画才と敬虔な心情を併せ持ち、霊感によって描いた、と言われている。

44　トリトン　――ギリシア神話。半人半神姿の海神。ポセイドンの子。

45　真直ぐには伸びなかった　――トロイ戦争で第一番目に戦死したギリシアのプロテシラウスにまつわる話から。彼の墓に生えていた木はトロイが見える高さに成長すると枯れてしまい、また、芽を出してその高さまでは成長する、というサイクルを繰り返したという。

46　マラトン　――アテネ軍がペルシアの大群を破ったマラトンの戦い（B.C.四九〇）を指す。

47　あの日　――一八四七年九月一二日、フィレンツェでは、レオポルド大公が市民に譲歩し、自警団設立を認めたことが祝われた。これはオーストリアへの挑戦であった。この祝典日は、たまたまブラウニング夫妻の結婚一周年記念日に当たり、詩人夫妻及び愛犬フラッシュは、一日中グイディ館の窓辺に座り、ピッティ宮殿近くの通りを進む行列や万歳の歓呼など、嬉々たるさまを見守っていた。

48　「大公」　――トスカーナ大公、レオポルド二世。ハプスブルグ・ロレーヌ家出身。一八四二年即位。彼は半ば臣民を喜ばせたいと望み、また半ばオーストリア大公を怒らせないかと気をもんでいた。

49 新教皇　――ピウス九世。註1参照。

50 ゲルフ党　――中世イタリアで、ローマ教皇を支持した徒党の成員。

51 ギベリン党　――中世イタリアで、ドイツ皇帝を支持した徒党の成員。

52 ロッジァ　――建築用語で、建物の正面や側面にあって庭などを見下ろす柱廊を指す。ここでは固有名詞的に使われているので政庁前広場の角のものを指すと思われる。

53 チエッリーニ　――（一五〇〇～一五七一）フィレンツェの彫刻家、彫金家。興味深い自叙伝で有名。ペルセウス像は彼の傑作で、メディチのコージモの為に制作された。

54 ペルセウス　――ギリシア神話から。ゼウスの子でメデューサを退治した英雄。翼のあるサンダルを履いていた。

55 傍らの場所　――ウフィツィ美術館。

56 ブルータス　――（八五～B.C.四二）ローマの政治家。共和制の敵としてジュリアス・シーザーを殺害した。第二部にミケランジェロの制作したこの胸像に関する記述がある。この胸像は完成されなかった。

57 ダンテのものと呼ばれる石　――ダンテは一三〇〇年フィレンツェ共和国の六統領の一人となったが翌年追放され、放浪のうちに執筆した。

58 ブルネレスキの教会 ——フィレンツェの大聖堂を指す。ブルネレスキ（一三七七～一四四六）はイタリアの建築家で初期ルネサンス建築様式を創造した。

59 ラヴェンナの汝の遺骸 ——ダンテは追放先のラヴェンナのサン・フランチェスコ教会に葬られた。［(『遅き愛の後悔』にかられ)、ダンテの遺骸引渡しをラヴェンナの人々に要求したが拒絶されたので、フィレンツェの人々はこの教会内に碑をたて、彼らの聖なる詩人に捧げた。墓より劣るものではあるが！ ——E.B.B.］

60 バルジェッロの部屋 ——［カーカップ氏によって発見された、ジョットーの描いたダンテのフレスコ肖像画への言及。——E.B.B.］カーカップ（一七八八～一八八〇）はイギリス人の芸術家兼古物収集家。一八四〇年、バルジェッロでダンテの肖像画を発見した。バルジェッロはフィレンツェ最古の建物で都市国家の市民による軍事組織の隊長の住居として使われ、十六世紀には警察署長の住居、十八世紀には牢獄として使われた。ダンテも参加した一〇〇人会議の会合所としても使われていた。

61 ベアトリーチェ ——ダンテの初恋の女性。ダンテとベアトリーチェとの初めての出会いへの言及。(『新生』参照)

62 メッテルニヒ ——（一七七三～一八五九）、オーストリアの宰相。最も保守的な体制の支持者。

63 ナポレオンたち ——ナポレオン・ボナパルト及びその甥ルイ・ボナパルト。

64 騎士ローラン ——フランス中世の伝説の英雄。『ローランの歌』参照。

65 オリーヴの枝　――平和と充実の象徴。

66 キリストの、、、打ちのめす方法　――「マタイ伝」二六章四八節参照。

67 幾多の英雄を殺したる、、、――ホメロスの『イリアッド』冒頭参照。

68 神性の白鳥　――スパルタ王の妻レダへの求愛に白鳥の姿を借りたジュピター（ゼウス）への言及。

69 両方の聖餐拝領、、、――カトリック及びプロテスタントの両者。

70 テル　――ウイリアム・テル。十四世紀のスイスの愛国者。息子の頭においたリンゴを射抜いたことで有名。

71 マザニエッロ　――（一六二二～一六四七）、ナポリの漁夫。スペインのアルコス公に対する一六四七年の一揆を指導した。数日間ナポリ総督を降伏させたが、後、暗殺された。

72 「いと貧し者」――イエス・キリストを指す。

73 古い三重の冠　――ローマ教皇の冠。

74 きらめく軍旗（オリフラム）――古代フランスの赤色の王旗。目立つ旗。

75 クラリオン　――トランペットより一オクターブ高い管楽器。戦闘の合図に使われた。

76 リエンツィ ——（一三一三～一三五四）ルネサンス期、イタリアを一つの共和国に統合しようと考え、護民官としてローマへ入城することに成功した。束桿斧とは、その職務を象徴する権標である。彼の十日間にわたる統治は、有能にして潔白であったが、後、謀殺された。

77 パラス ——ギリシア神話。パラス・アテーナ。知恵、戦争、芸術、工芸の女神。竪笛、或いは横笛の最初の発明者であったが、笛を吹く際、やむなく体裁の悪い顰め面になるのをヘルメスがあざ笑ったので、笛を投げ捨てた、といわれている。

78 教会の威嚇という雷を轟かせる人 ——教皇ピウス九世。註1参照。教会の威嚇とは破門などの弾劾、非難を指す。

79 ペッリコ ——（一七八九～一八五四）、ピエモンテの詩人、愛国者。その刊行紙『コンチリアトーレ』はオーストリア政府によって発売禁止され、シュピールベルク要塞監獄に十五年間投獄の判決を受けた。出獄後、『獄中記』を著し、それは陰惨な獄中生活の様子を伝え、イタリア愛国者文学の代表作となった。

80 ロンバルディーアの女 ——コンファロニエリ伯爵夫人。夫がペッリコとともに逮捕され死刑宣告された後、シュピールベルク要塞監獄へ送られたため、夫の助命釈放に奔走したが、実現する前に死去。

81 バンディエーラ兄弟 ——（一八一〇&一八一九～一八四四）、オーストリア海軍大将の息子で、彼ら自身も海軍士官であった。が、彼らはコルフ島で小さな結社を募り、ついに一八四四年カラブーリアにむけ出帆した。コセンツァで多くの政治犯を解放し、革命に着手せんともくろんでいたのである。しかし仲間の一人に裏切られ、王国軍隊の手に捕らえられ、兄弟ら、首謀者九名が銃殺された。

82 アンドレア・ドーリア　──（一四六八～一五六〇）、ジェーノヴァの海軍中佐。ジエーノヴァをフランスから解放し、「ジェーノヴァ救国の父」と呼ばれた。

83 先の教皇グレゴリウス七世は、謁見を許さず、請願を却下し、不平不満は謀反の証拠と考えた。

84 カルヴァン　──（一五〇九～一五六四）フランスの宗教改革者。カルヴィニズムの創始者。彼は三位一体を重んじ、セルウエトウス（一五一一～一五五三）のアリウス派的な考え方が公衆に及ぼす危険を心配した故にこのスペイン人の医者であり神学者であるセルウエトウスの匿名本が出版されると、ウイーン長官へその情報を送り、その結果、この医者は追放され、その著書は焼き払われた。セルウエトウスがジュネーヴからナポリへ向かう途中、カルヴァンは彼を捕らえ、火炙りの刑に処した。

85 牛の記録簿で証明しよう　──「創世記」四一章参照。ファラオの見た肥った牛と痩せた牛の夢をヨセフが七年の豊作と七年の飢饉が続くと解釈した。

86 三途の川の船賃　──ギリシア神話。人は死ぬと三途の川アケロンを渡って黄泉の国へ至る。その渡し船をあやつる船頭はカロン。黄泉の国の門を守る番犬は三つの頭をもつケルベロス。

87 ニケアからトレントへ至る、、、宗教会議　──ニケアはトルコ内にあり、三二五年、第一回目の全キリスト教会の会議が開かれたところ。トレントはイタリアにあり、一五四五年から一五六五年にかけてプロテスタントの宗教改革に応じて会議が開催された。

88 「ペテロよ、我が小羊を養え！」　──キリストの言葉。「ヨハネ伝」二一章十五節参照。

89 カトリック教会の伝統では聖母が生まれ育ったナザレの家は奇跡的にアドリア海岸のロレトへ運ばれた、という。

90 腰まで魔法にかけられた王 ――フレデリック・バルバロッサ。「赤髭王」のニックネームを持つドイツ・神聖ローマ帝国皇帝。伝説では、彼は今もなおウンテルスベルクの洞窟に石と化して眠り、祖国の召喚を待っているという。彼の顎鬚は石のテーブルの周囲に伸びているという。

91 アリオストー ――(一四七四〜一五三三) イタリア、ルネサンス期の詩人。『狂えるオルランド』等の作品がある。

92 空中高く挙げる指 ――受胎告知の絵画に見られる天使ガブリエルのしぐさ。聖霊の象徴である白鳩を指している。

93 プッサン ――(一五九四〜一六五四) フランスの画家。イタリア美術から学んだ。

94 ゴールのアヴィニョン ――ペトラルカが十九歳のラウラに会った所。彼は、彼女の心に何の印象も与えることができず、近くのヴォクリューズへ退いた。ヴォクリューズの泉の描写はブラウニング夫妻のハネムーンの際の追憶である。ここでは、フランスが詩と美術を通してイタリアの恩恵をこうむっていることが、ペトラルカと彼の愛したアヴィニョンとの関係を通して比喩的に言及されている。

95 シャルルマーニュ ――(七四二?〜八一四) シャルルマーニュ一世、カール大帝。フランク王(七六八〜八一四)、西ローマ帝国皇帝(八〇〇〜八一四)

96 アメリゴ・ヴェスプッチ　——（一四五四〜一五一二）イタリアの航海士・探検家。アメリカという名称は彼の名にちなむ。

97 ヴェローナ、ヴェニス、ラヴェンナの岸辺　——シェイクスピアによる『ロミオとジュリエット』の舞台ヴェローナ、『ヴェニスの商人』の故郷ヴェニスの不滅化によって。またラヴェンナの海辺は永遠にシェリーを連想させる。

98 ラングランド　——（一三三〇?〜一四〇〇?）イギリスの詩人。『農夫ピアズの夢』の作者とされている。モールヴァーンは彼の生地と考えられており、イングランドの丘陵地帯にあり、鉱泉があって保養地として有名。

99 ジョン・ミルトン　——（一六〇八〜一六七四）イギリスの詩人。『失楽園』等の作者。フィエゾーレはトスカナ州の古都で保養地。ミルトンは、フィエゾーレとヴァッロンブローサを去りかねて、イタリアで一年以上を過ごした。

100 ヴァッロンブローサ　——フィレンツェ近くの村。有名なベネディクト会の修道院がある。ブラウニング夫妻は一八四七年七月に訪れている

101 聖グァルベルト　——ヴァッロンブローサの修道院の創設者。

102 聖徒らしき僧院長　——皮肉をこめた表現はE．B．B．の僧院長への怒りから。この僧院長は僧院近辺からさえも女人禁制を主張したため、ブラウニング夫妻は予定変更をして五日後に追い払われたのであった。

103 タスカン・ベッロズグァルド ――［ガリレオの別荘は、フィレンツェに近接したベッロズグァルドと呼ばれる高台に建てられている。――E・B・B・］ブラウニング夫妻は一八四七年にここを訪れている。ミルトンがガリレオを訪ねたところでもある。

104 乳を吸わせたローマの狼 ――狼の乳で育てられたというローマの建国者、ロムルス、レムス兄弟の古い伝説への言及。

105 オヴィディウス ――（B・C・四三～A・D・一七？）ローマの詩人。『愛の技法』、『変身物語』の作者。

106 あの最後の銃の閃光 ――一八四八年一月、シチリア王国の反乱への言及。パレルモから始まり、ナポリへと広がった。

## 第二部

私は幼い子が通りで歌うのを聞いて
瞑想と夢をつづった。
主題として寄りかかったその子の調べは
我が高鳴る胸の脈動の下に潰え去った。
歓喜の先ぶれを歌いあげんとした我が脈動は
小節も整わぬうちに打つのをやめた——
ああ、望むは歌と心！　おお、トスカーナよ
ダンテのフィレンツェよ、詩型が余りに拙いというのか。
汝もただひととき自由について歌ったにすぎないのか、
幼い子供が何気なく
格調高い調べを口ずさみ、
母親の膝に再び眠るように、
汝はしばしばしたりとも目覚めていることはできないのか[1)]。
然らば存分に眠れ——眠りが成長を早め、
柔弱な青白い精神をたくましい身体が支えてくれるように。

しかし、汝のようにまどろむことのできない我らには、

汝の幸福を願い、挫折した我ら考える者にとって、
汝に望みをかけ、敗れた我ら希望する者にとって、
夢にふりまわされ、このアトレウス家の屋根から
（今もなおまぐさ柱から血が滴る[2]
――あらぬ側が勝ったのだ）
霧の中の深紅の夕日に欺かれて
狼火の合図をよろこび迎え、トロイは陥落せり、
悲しみは終わりぬと宣言した我ら詩人にとって
今や為すべき何が残っているというのか。
我らが跪き懇願すれば、「神」は
審判を稲妻の根元まで露わに明かしたまうだろうか。

グイディ館の窓から私は外を眺め、
一万ものフィレンツェ人の目が
ロンバルディア北部の勝利[3]を照り返しているのを見た。
自由に目覚めた世界の証と歓喜をあらわす五十の旗が、
列をなす群衆の頭上を翻りながら、
ピッティ宮殿へ向けてまっすぐに進んで行くのを見た。
かくて、幻の夢は消えた。
陽光に節くれだった両の手をかかげる民衆に応えて、
レオポルド大公は身を乗り出し、愛国の誓いをたてた。

その誓いは、それ以来、偽誓者の誓言の中で際立ち、
これらイタリア同盟諸邦にむけて蓄積された稲妻を
浴びることとなる。

汝、偽誓者レオポルド大公よ、一体何故誓いをたてるのか。
誓いをたてる必要があるのか。汝の血は
オーストリアに汚されてはいない、フィレンツェ以外のものに
心を売り渡してはいないと、豪語する必要がどこにあるのか。
汝が強靭でも大胆でもないことは周知のことだった。
男どもは汝の不甲斐なさに耐え、
女たちは、祭りで賑わう通りを
若白髪の汝が歩むのを見て、憐れんでいた。
我らは、汝の覇気に乏しい風貌を王侯特有のものと思い、
気鬱による皺を希望を求める心の焦ら立ちと誤解して、
汝を弱き人とこそ呼べ、卑怯者呼ばわりはしなかった。
いや、祈願を捧げるために、礼拝堂の灯明をかきたて、
「聖母マリア像」に香煙をくゆらせる方がよい！
今だに「我々の哀れな大公、善良なる大公なのだ――
汝が血統上オーストリア人であるのは仕方のないこと」だから。
人々が目に軽蔑の苦い涙をにじませて唾を吐きかける誓約を
国民憲章に書くよりは。

見過すことのできぬ過失を、誰が敢えて赦そうか。
私自身は、イタリアを作り上げている街や寺の埃にまみれ、
慙愧の思いに沈み――
イタリアの漏らす吐息の中で、溜息をつく。
これら旧世界の噴火口周辺の凸凹したところにいる我らに、
滅びゆく時代に特有の断末魔の突風を吹きつける吐息の中で――
私は身も心もおしひしがれている。
愛国の志士たちよ、彼《か》の人は誠実なりと、
女なるが故に信じこんだ私の罪を赦したまえ！
王族に連なる外国人たちは、平民の食べものを厭う。
それ故、平民の食卓で、外国人たちが立って
盲人や跛者のために肉を切りわけているのを見ると、
賢人ならば、次に出される食物に疑念を抱く。
模索する思索家を導くために、
腐敗しきったカエサルやロレンツォの輩から
苦汁を嘗めてきた経験のある人魂が飛ぶこの地にいながら、私は、
自分が判断を下す時になって、単純な事例に対しても、
王侯を信頼する[4]という愚かさを仕出かしたとは。
私は自らの不明を悔やむ。火刑のために積まれた薪が古来から
眼の前で燃えていったのも、私の教訓にはならなかったのか。

王侯の紫の衣からどんな悪臭が立ち昇るかを、また、
王権が圧制という茨をどこで得たのか、明らかにされているのを、
私は知らなかったのか。その茨は、臭煙を放ちながら
音をたてて燃え、王侯の偽誓によって、
火種がつきることは無い。
愛国者の霊よ、私を赦したまえ——
汝、ブルータスよ、汝は、血潮で重くなった外套を
この世に再びひきずり出し、
じっと非難をこめた眼差しで私を咎める！　——私が
彼の教訓を無駄にしたからだ——
庶出のカエサルたち[5]は、（ガリア人の征服には力及ばずと白状し）
初代の血統正しき一族には及ぶべくもない卑小な姿をしていても
初代のカエサルと同様に弱々しく卒倒するし、また同様に
無謀にもルビコン川を渡るものだ、という教訓を！
赦せ、絶対君主どもに流れる精神を
私が余りにも不用意に忘れたことを！
私は、幼い息子たちに囲まれたその人を見た。
彼は、接吻の温かみの消えやらぬ唇で誓言をした。
それゆえ、女なるが故に私は——
魂が知る以前に、我が子が生れるのを予感し、
そのことをかたく信じた私は——

あのように温かい唇が、あのように冷たい嘘をつき得るなどとは他人はどうであれ、私には考えることすら耐え難かった。

グイディ館の窓から私は外を見た。
もう一度見た時、その光景は一変していた。
人民の「大公万歳！」の歓呼を前にして
大公は逃げ去ってしまっていた。
慈悲深い大公の額を、疑惑で白く硬ばらせないように、
正しく喋るには、人民は廷臣のように穏やかに話さねばならない。
その上、危険視された人民の叫び声は、示唆された憲法制定、
大公の未来の数々の譲歩に対する感謝の意を示すものであった。
もっともそれは空約束に終わったけれども。
パウロからパウロヴィッチ[6]に至る
絶対専制君主によくあることだが、すべては、
彼らの「自己衝動《モートゥ・プロプリオス》」次第である。
人民は、逃げ去る大公の足元から舞い上がる埃にまみれ、
なおも声高く叫んだ。ただ、今度は当然ながら、
「大公万歳」ではなく「人民万歳」であった。
大公は、良かれ悪しかれ、逃亡したのであり、
見捨てることも、また見捨てられることもない人民は、
留まったし、また留まらねばならなかった[7]。

人民万歳！　人民はどうしたか！　街路という大釜の中で
怒りに猛り狂い、煮えたぎり沸騰した。
若者は怒鳴り、老人も怯んではいなかった。
雷鳴さながらの罵声と大地を踏みならす足音が
鳴り響く鐘の音をかき消し、
祝砲の轟音をもかき消し、穿を粉々にした！
彼らは到る処で大公の紋章を引き下ろした！
新しいカフェの看板を掲げ、愛国の志士たちが、
清明な大気の中で氷水を啜る場所を知らせた——
（真新しい塗料が僅かに匂っている）！
あちこちで、市民自警団は行軍し、熱に浮かされた少年たちが
窓を破ると、兵士たちは立ちどまって見つめていた！
反逆の歌が忠誠の調べに合わせて歌われた。
また、司祭たちは聖歌の調べに合わせて呪われた。
すべての「集会《チルコーリ》」は満月のようにふくれ上り、演説者たちは
月の狂気にとり憑かれたように熱烈な挨拶を送った——
大公の譲歩、出版の自由と二院制議会の創立など、
比ぶべくもない輝やかしい前途に、彼らは感謝の挨拶を送った！——
彼らはグエルラッツィ[8]の賛辞を卒直に繰り返した！——
「ここに一人の人物が、この国の父がいる。真に偉大なる人物。
彼は、例の国家の恥辱や禁制を取り除き、

フィレンツェの門にかけられた一文税を廃止し[9]、
彼のみがイタリア救国を成し遂げる！」と。
貴族という貴族は如何に逃亡したことか。
彼らは高い身分のゆえに踏み留まろうとはしなかった――
それゆえ、自由主義者たちは貴族の宮殿を焼き払おうと誓った。
自由なるトスカーナ人は、自由に逃亡できなかったのだから！
大人はオーストリアの陰険さに激怒し、息まいた――
五十人の若者は、権利侵害の賠償を求めて
列をなしてまっすぐピエモンテ[10]へ行進した！
我らが義務を怠ったと、あなた方はいうのか。
我らはイタリアの民主主義者のように黒いビロード服を着、
愛国者のように袖を切り、
真の共和国建設を誓いあって、独特の帽子を被っていた[11]のに。
我らは大聖堂《ドゥオモ》の扉から大司教を追い出し、壁には白墨で
すべての暴君に対する血まみれの抗議を書きつけた。
たとえ、正確には戦争と呼べるほどのものは無かったとしても、
勝利は当然我らのものであることを示すため、
我らは中空に向けて空砲を放った。
我らは、昼となく夜となく（おそらく、両院の議会室を除いては）
至る所で集会を開き、自由に討議を重ねた。
貧乏人は雇用されるべきだと主張した……それが公正だ――

しかし金持どもは如何なる尽力をもしなかった——
賃金は保証された、しかし支払人は無効扱いにした——
勤務時間の完全実施が保証された、
しかし超過勤務は免れなかった——
仕事にあぶれる日が週に二、三度はあるが、
それで適度とみなされ、改善されることは無かった。
オーストリアは撃退された、今後も撃退されるだろうし、
また撃退すべきだ。トスカーナは武装してオーストリアを撃退し、
遺恨を晴らすのだ、と我らは確認しあった。
しかし、たかが戦のために、辻広場や店や農場を
離れるまでもない——我らはこのことも確認しあった。
「敵を殺すために突撃しろ、だと?
自分は殺されずにすむ魔法のお守りでも持っているというのか。
なに、これを機に妻や母を置き去りにしろだって? ——
それが義務だというのか。ちえっ!」
その言葉に我らは鞘の中の剣を振った、
英雄のように——ただ、音が高かっただけのこと。
未来の勝利の花輪にふさわしい赤らみが頬にのぼった。
いや、我らは自らが確認したことを叫んだのだ——
自由の木[12]を大胆に植えつつ、我らは（特に少年たちは）叫んだ。
しかし、その木に実がなるかどうかは疑わしい。

その根は自然に授かったものではないのだから！
善悪の木[13]、その木が無くては何人も神になり得ない。
ああ、その木はあるが人間がいないのだ！

おお、聖なる知識、聖なる自由、国民の聖なる権利よ！
あなた方トスカーナ人によって、盲目で柔弱だと証明された
時代の詐欺に対して、
私が苦言を呈しているとすれば、
それは涙が苦いからだ。陰鬱な墓地で、
褐色の髑髏が死神に歯をむいて笑うのを見る時、我らは、
「このヨーリックはふざけすぎる」[14]と叫びはしない。
なぜなら死神は顔をしかめて更に凄味を加えるからだ。
私の嘲笑もそうだ。あなた方ゆえに
苦い思いを嘗めているからこそ、私は苦言を書きつけるのだ。
おお、自由よ！　おお、私のフィレンツェよ！

一触即発の事態にあるこの世で、
偉大な働きをなそうとする人は、
事を為す前に、常に認識してかからねばならない。
勇気と忍耐は犠牲にすぎない。
そして犠牲とは、高邁な理想のために、また

その理想にむけて差し出されるもの。
各人はその評価が正当か不当かは別にして、
自らが価値ありと評価するもののために、その代価を支払う。
しかし、ここイタリアには——知識も理念も、何も無い！
先達となる思想から偉大な行為を促がす
欲望が欠けていた。
安定した風と燃料を必要とする炎のように、
葦から葦へ燃え移る炎のように、行動《アクション》は、
行動は不意に燃え上り、
頼み難い空疎な大気中で燃え立ち、
ゆらめき、そして消え失せた。
見よ、白熱した戦闘を方向転換させる目標が何一つ無い時、
誰が紆余曲折の道程を咎めるだろうか。手段を知らないことが、
かえって偉大であることの助けになることもあろう。
しかし、目的を知らずして、
偉大であることはそもそも不可能である。
我らのトスカーナ人についてもそのとおり！
誰も敢えて言うなかれ、「有徳の士も、ここでは
国民の指導者たり得ない。剛勇の士も、オーストリアの銃間に
隷従の身を解き放つ活路を開き得ない」と。
私はあなた方トスカーナ人に告げたい、

ここでは真の目的を認識する人は、
純粋になって目的を愛し、勇敢になって目的のために戦い、
強靭になって目的を達成するだろう、道程は平坦ならずとも！
単なる言葉のあやではなく――
彫像を覆う縁どり刺繍のある優雅な掛け布でもなく――
歌劇場で喝采に応えて
顫音《せんおん》を響かせて歌う[15]「自由《リベルタ》」の歌でもなく――
（自由とは美しい言葉だ。だが、口もきけないほどの憤怒や
息もできないほどの啜り泣きと余りにも結びついて、
我らには歌えない。その和音はより深く心の琴線に触れるのだが）
耐えてきた困窮や忌まわしい虐待が如何に不当であったかを悟り、
国家にとって、自由が持つ神聖な意味と
その完全なる行使とを学びとったなら――その時こそ
我がトスカーナ人たちは、ある新しい朝、血の露を浴びて
こぞって敢然と立ち上る。
サクソン人[16]にも匹敵する気骨と筋骨とを具えて、
オーストリアの一族を広場から一掃するだろう。

ああ、悲しいかな！　今度はそうではなかった。
信念を欠き、気力も乏しく、
真理すらも疑われるものとなった。

身振狂言《マイム》なるがゆえに、仮面《マスク》を変えたのだ。
世間という潮流は干満とともに円滑であり、
美徳の意識も無いがゆえに、犯罪の意識も無かった——突然、
悔恨が人民を捕えた。彼らは、再び善良な大公を迎え、
グェルラッツィを捨てるだろう。グェルラッツィこそが、
フィレンツェから例の租税を廃止したのに。
「荷車税を廃止した意味が無い、と俺たちは思う、
市場には残るな、行軍せよ、鍬や鋤を捨てて、
ロンバルディア人と共に死ね、と強要するのでは。
親愛なる大公さまはこんなことを為さったろうか。
大公万歳だ！」
その歓呼に沢山の教会の祝いの鐘が
向かい風に逆らいながらも、同じように音高く応えた。
穏和な大司教を屋敷に呼び戻せ。
彼は怯えた目で人々を祝福するだろう——
彼を絞首刑にしてはならぬ、そんなことはあたりまえだ！
グェルラッツィを捕えよ。彼を監視せよ、さもなくば、
決着をつけるため、俺たちが奴の背を刺す！
白墨で書いた自由の象徴を消せ、新たに
大公の紋章をたてよ。フリギア帽[17]を脱げ、
不毛の自由の旗棹が押し入った広場の舗道を修繕せよ。

「昨日、ここには自由の木が立っていた！」と
公爵閣下が嘆息されぬように、
馬車のために道をならせ。
「大公万歳！」――大砲が如何に轟いたことか！
鐘楼は揺れ、高く投げ上げられた花束や
手巾が数を増し、飛沫となって散る中を
市民自警団は行進した。
人民は歓呼の声をあげるのがお得意だ。特に少年たちは！
ああ、哀れな人々よ、そのような黄色い声に
お似合いの未熟な意志しか持ちあわせないとは！
ああ、いっそう哀れなのは大公、
彼は人民の歓呼の喧騒にすら値しないのだ！

おずおずと目に感謝の涙を浮かべ、
最下層民にまで選挙権を与えようと手を差しのべるために、
彼はいそいそと帰って来たと、あなた方は考えるのか。
勝手気儘の限りをつくしておきながら
今は孝行息子然とおさまるあなた方の悪戯を、物分りのよい
父親のように、赦すために帰って来たと思うのか――
人民の愛の歓呼に応えて、愛の印を投げ返すと思うのか。
さて、彼がどのように戻ったかを語ろう。

もしもあなた方の心が燃えるならば、
そう、心は燃えねばならないのだ、そして
古いものも新しいものをも洗い清める灰となるのだ——
大公もやがて悟るだろう。
私はグイディ館の窓から外を眺め、
大公が戻って来るのをつぶさに目撃した。
規則正しい馬の蹄の音と兵士たちの足音が、
火花を散らさぬ黒い鉄敷のように、静寂をうち破った。
大きい目をいっぱいに見開き、
我が家のトスカーナ人の乳母は叫んだ、「ああ、ああ、奥さま！
これはオーストリア人でございます」　私は答えた、
「しっ、静かに。子供を起こさないでおくれ！」
——というのも、生後ニヶ月になる私の赤ん坊が、
ベッドの上で、乳白色の夢の中でまどろみ微笑んでいたのだ。
私は思った、「この子が眠っていられる間は眠らせておこう。
世の卑劣さを知らせまい。未だ汚されていないのなら、
既になされてしまった汚れゆえに、
何故煩わされる必要があろうか」と。
それから、私は外を眺め、陽光を浴びた長い街路が、
端から端まで、何千ものオーストリア軍で湧き返っているのを見た。
刀剣、銃剣、騎兵、歩兵、砲兵——

大砲は、未だ発蓬していない稲妻の熱気を孕み、
動きの鈍い盲目の風雲のように回転しながら進んでいた。
どの大砲にも、頭から足まで真っ白に埃にまみれた男が一人
跨っていた。おし黙る畏怖すべき「運命」の神の像に似て、
彼は自分が乗っている恐ろしいものと同様に、
無頓着だった。ちょうど、緩慢な流れが氾濫して、
ゆっくりと音もたてずに、松の木も立ったままで
森を根こそぎ下流へ押し流すように、
整列した何千人もの兵士たちはおし黙り、嵐を予感させつつ
しずしずと行進した。右へ左へと逸れる目は一つとして無く、
建築家や彫刻家が装飾を施した
フィレンツェ市の新しい姿を見ることも、或いは
窓辺で怯えている生身の「美人たち」を見ることもなかった——
すべてが、まっすぐな眼と顔が
彼らの剣同様に不動に保たれ、
幻影を追わず、現実の行為を認識していた。
おお、トスカーナ人よ、鍵が監房に合いすぎる!
汝らはお笑い狂言を求めた——これらの兵士は悲劇をもたらす。
汝らは紫の衣を求めた——彼らはそれを汝らの君主として着用する。
汝らは子供のように戯れた——罪なき子の如く死ぬがよい。
松明で稲妻を真似た——現実の雷光の轟音が汝らの戯れの裏をかく。

汝らは亡霊を呼びだした。
亡霊はギルボア[18]の野営からの声に
おいそれとは従うまい、と信じつつ……
ここにサムエルが居る！　――かくて大公たちが帰って来る！

しかし、やっては来るが、彼らは予言者ではない。
彼らが身に引き寄せるあの怖ろしいマントは、
今は、二重襞が額を覆い隠しているが、
いつか、「運命の神」が射る矢の捜索を受けるだろう。
息を吹き返した君主たちは、新しい生命を生む陣痛の中で、
墓の中の爬虫類どもを掘り起こす。
君主に与する者どもよ、油断するなかれ。
見よ、人民は「神」のように待機しているのだ。
「神」が晴朗な力に包まれて待つように、人民は長い困窮に耐えて待つ。
たとえ汝らが昼も夜も、あの絶対権力の踵で国民を踏みつけ、
すべての高邁たらんとする企て一切をすり潰してしまおうとも、
国民を踏み潰すことはできないのだ。
人民の息の根を止めることは、鋤で蛆虫を殺すほどには
たやすいことではない。人民が死に絶えることはないだろう。
頭を切り落とすと尻尾はいっそう強く巻き上る。
人民は傷つくごとにのたうちまわって数を増やし

武者震いをして生命の塊りとなる。
精力は他ならぬ「神ご自身」から精力を得るのだ。
一旦定められた「神」の審判の日を変えるのはむつかしい。
人民が重荷の下で立ち上がり、身をはげしくよじって、
背中から重荷をはね上げて圧制者を押しつぶす時、
人民の審判の日を変えることは同じようにむつかしい。
なぜなら、神の審判の杖は
この民衆の復讐の尺度だからだ。

その間、グイディ館の窓から私たちは、
オーストリアの軍勢が、トスカーナの
溺れんとする心臓部へ流れこむのを見た。
誰一人泣く者も呪う者もいなかった。いや、そうだったというなら
誰もが沈黙の中で泣き呪っていたのだ。
我らの騒がしいトスカーナ人は侵入する敵を黙って見守った。
彼らは沈黙を学びとっていた。
壁に身を押しつけ向かい側の教会の石段にたむろして、
蒼ざめた男女数人がすべてをじっと見つめていた。
ひきつって蒼白の顔をした彼らが、
世の中が順調であろうとなかろうと
思うさま叫び声をあげ喜怒哀楽を身ぶりで表わす彼らが、

何を感じていたかは「神」のみぞ知りたまう。
しかし、ここには虐待の深みがあり淀む水があった。
彼らはここではおし黙っていた。その意識的な沈黙を貫いて
あの整然とした軍靴の音が響き渡った。
真夜中の銅鑼のように、音響と静寂がみごとな対照をなし、
相互に畏怖感を増幅させていた――
どの兵士も、帽子にオリーヴの葉を飾っていた[19]。
挨まみれの見るも苦々しいものを！
ノヴァーラでこのようなものがむしり取られたというのか。

イギリスに叫び声が上がる[20]。
商売のために、徳と「神」をいっそう崇めるために、
今後、我らは「平和」の名を称揚しよう、
我らの黄金の羊毛[21]を刈り取ってしまうだけでなく、
魂を蝕む錆ついた戦争は止めようと、叫び声が――
うつろな世界に響き渡る。
私もまた平和を愛してきた。
恋人たちが巻物に書きつけるのを常としたように、
年経た常盤木の幹から幹へ「平和」という聖なる名を刻みつけ、
誰もむしり取れない梢に掲げたい。
私が言うのは、木々の上に――であり、

絞首台の上にではない！——
羊飼いの安息日のためには、
天と地の甘美な和解を結び、
露おく緑の枝と花の五月を添えて、木々の上にその名を掲げたい。
絞首台の上にではない！
禿鷹は、肉を貪りつくした後は、骨を静寂に委ねるけれど。
土牢の上にではない！　牢の中で呻吟する哀れな人は、
小さな野鼠が穀物束を動かすほども、
外の大気をそよがすことは無いけれど。
鎖錠の上にではない！　奴隷は絶望のあまり
頼りない惨めな頭脳を鈍らせて、
自由民が打つ笞の下で茫然と自失し、
痛みを愚かしく歌い笑い飛ばすのだ。
また、飢えた家庭の上にではない！
そこでは、幾多の唇がむなしく呪い、
泣きじゃくりながら寝入るのだ。
同胞意識を欠き、慈悲心を持たない平和は、
私の愛するところではない。そのような平和よりは、むしろ
世界を飛び交う砲弾や
「天」の軒縁に反響する悲鳴の方を、私は愛する。
むしろ、堀割の中の瀕死の人馬のあがきの方を——

泡立つ血の方を……もう沢山だ！　——
キリストの十字架にかけて、女の性《さが》たる私の弱い心にかけて、
私にはかくのごとき血みどろの戦いの方が好ましい。
自画自讃の気分に浸って暖炉の傍に坐り
戸外では雨風が時々思い出したように
哀れな放浪者の安寧を脅かし唸り声あげているのを
考えないような「平和」よりは。何と！　あなた方の平和は、
屋内でぬくぬくと座しつつ戸外の苦悩を意に介するというのか。
私はその名を口にするのも嫌悪する。それは決して平和ではない。
それは悲運で身をこわばらせた背信だ——
猿轡をはめられた絶望であり口もきけぬ虐待だ——
全滅したポーランド[22]、窒息したローマ[23]、
目がくらんでしまったナポリ[24]、革鞭の下に気を失うハンガリー[25]、
そして残忍な額に艶やかなオリーヴの葉を飾る
オーストリア、その蹄は、要するに、
これらイタリア人の生命を圧しつぶすのだ。
おお、「平和の神、正義を司る神」よ、
悩める世界を罪悪と悲嘆から引き離したまえ。
世界を良心で刺し貫き、救済し浄化したまえ。そして
我らにまやかしではない真の平和を与えたまえ！

しかしグイディ館の窓から
これ以上外を見る必要があろうか。
ただちに窓を閉めて、閉ざした扉の傍に坐ろう。
悲しみに沈んだ顔をヴェールで覆い、
天の審判が次に用意しているものを待とう。
私はこの窓に疲れてしまった。
陽光は射さなくとも、種々な光景が思念の中に密集し、
明晰になってくる。霊魂は内なる光を持っているのだ。
大公は、我が子である彼の南国に、
かくの如き報復をする北国の軍隊を連れ帰ったのだから、
我らは、彼が自ら教訓を学びとるのに委せておこう。
彼の南国もまた確かに何事かを学んだ。
それを実践すればほどなく利を得ることになるだろう。
おそらくは、別の目が、グイディ館の窓から、
何が成就し、また何がもとに戻ったかを見ることになろう。
その業績が如何なるものであれ、教皇ピウスには
何一つ讃えられるものは無いだろう。
マッツィーニ[26]よ、この事実を汝の得点として記録せよ！ ――
悲しみの極みにあって、この点は、慰めになるだろう。
いわゆるペテロの岩[27]に船を誘き寄せて
砕ける波間に突き落すようなことは、もはやさせてはならない。

ペテロの椅子は辱しめられた。国民が回収不能の薪にすべく
木っ端微塵に砕く俗世の玉座のように——
それが燃える時も、他所と同様にイタリアに於いても
よく見えることだろう。燃えるがままにしておけ。
今も変わることなく崇拝されるべき十字架は、
ただキリストの十字架のみ！　——もし盗人の十字架に
密かに跪かせようとすれば、我等は反逆する。
悔い改めない盗人の十字架が栄えるときはもう過ぎた。
「神」もご存じだ。跪いた人々は嘲り、
教皇の司教杖を投げ返す。その杖は軛のように差しのべられ
人民の頭を次第に低く抑えつけたのだから。かくてイタリアは、
教皇に加えたこの最後の一撃によって、
かつての数々の危険から逃れることになる。
捕えられた手を裂けた樫の木の叉に残す危険から——
肉体すら外へ出ようともがいている締め金具の中に、
他ならぬ魂を残す危険から——自由人が、奴隷のように屈従し、
その後、一インチも身をかがめることなく
いつも真直ぐに立ち上がるだろうと考える危険から——。

雌狼が乳を飲ませた者は、
利権をめぐって取っ組み合いをするとなると、

狼と同じように噛みつくものだ。
最後に人々は教訓を学んだ。
（教皇ピウスに対して、その礼を言おう）
虎縞[28]のシエーナの大聖堂の屋根の奥から、ピウスよ、
あなたを覗き見ている無数の教皇仲間の石頭にまじって、
あなたは仲間と共にいるジョアン[29]とボルジア[30]、即ち、
娼婦と悪魔を見かけるかもしれないけれども——
卒直な魂を抱き人間を自由にしようと
堂々と取り組む人を、ましてや天使を、
あなたが見ることは無いだろう。
漁師どもは今もなお網のことを考えている[31]。
たとえ釣針のことまでは考えていないにしても、
我らに大きな貸しがあると思っている。
しかしそんな事例は稀——釣り針だろうと司教杖だろうと、
彼らは地位を利用して、人間を安く値ぶみし、
ケドロン川[32]の釘よりも更に錆びた釘で
キリストを苦しめる——
聖書から、高値の聖職を引き合いに出して、犠牲者の代償で墓地を買う[33]のだ。
司祭、司祭——そのような名は存在しない！——
「神」の御名なのに汝らが自惚れて僭称しているだけだ。

キリストが昇天し、天国に入り、
（厳粛な涙に濡れた勝者の貌で）「神」の右手に座し、
キリストのみ、永久にキリストのみが
神と人との仲立ちを務めた時、聖職者のエポデ《法衣》は
唯一の栄光に包まれてあたりを払いつつ天の門を入って行った。
その御胸にはウリムとトンミム[34]が完全な「神性」から発する
火に照らされて賤しい人間の不安定な心臓の鼓動に合わせて、
ゆらめいている。すべてのキリスト教徒よ、高く昇れ！
レビ族[35]にはもはや法衣はない。汝らはあの唯一の白衣を崇めるべし。
だが白衣を分ける籤引きをしてはならぬ[36]。
最後の聖油は、正しく注がれて、「御頭」の上にあった。
それは埋葬のために注がれたのであり、
俗世を支配するために注がれたのではなかった。
これら教会とはいったい何であるのか。これら教会が
聖白衣や燭台や祭壇蔽いで巧妙に術策を弄するのを
古い寺院の壁が見おろしている。
東西の教会も、また南北の教会も、
ローマ及びイギリスの教会も——すべての教会は悔い改めよ。
霊魂と口舌との協約《コンコルダット》を結べ。
幕屋で働くことによって聖パウロの後継者[37]となれ。
真実を語って誤りなき導き手となれ。

人間の魂をねじ曲げ拘束した
その傲慢さを捨てよ。

ああ、正にこの地で、僧侶の術策は燃えつき、
縒《よ》られたリンネルは炎をあげる。
石綿のように白熱するのではなく、
すべてが消滅する！　――一方、炎の匂いは
気力を失いつつある人々を蘇生させる。昨年、人々はここで
教会によって押さえつけられたこの地で息の根を止められたのだ。
ああ、この教皇ピウスに欺かれて、
聖職者は誠実なりと、我らは信じこんでいたのだ。
我らの小麦が他ならぬ教皇の穀倉のために束ねられている間、
彼はいかにも聖人らしく微笑んでいたのだ！
彼の雇人どもから柔和な牧羊者然とした祝福を受けるよりも、
彼らが汚れているという真相を知る方が、我らには幸いだ。
偽りの教義は自らの唱えたアーメン《かくあれかし》に首を絞められて、
この国民の喉元で息絶える。国民が再び立ち上る時、
教皇の名を口にするものがあろうか。
どんな女がどんな子供が、教皇を誠実だと思うだろうか。
どんな夢想家が、その声あるいは筆で、教皇を讃えようか。
誰が彼のために戦うだろうか――ピウスは当然の報いを受けるのだ。

マッツィーニよ、その得点を記録せよ！　――然り、
だがその前に、人民の過失を書き留めよ。
魂より出た確信が欠けていたことを。四散した目的を。
一貫性を欠いた手段を。信念薄きが故に勇気も乏しかったことを。
自由と相互協約から同胞の心をもぎ取った
呪うべき分裂を記録せよ。これを書留めよ、
これも、そしてそれらの過失を克服するよう努力せよ、
油断さえしなければ
時節がめぐり成果もたらすとき汝が取りのがすことはない。
愛国の志士の雄叫びに気をとられて
ただ叫ぶだけの大衆に対する厳しい分析を怠ることなかれ！
汝の魂が高潔であるように
汝の視界を明晰に保て。ローマでは
英雄の血潮は汝の気高い額にはねかえった。だが
その血潮のせいで幕間狂言《インタルード》に盲目となってはならぬ。
幕間狂言は、神聖ではないにも拘らず
秘蹟の合間をぬって現われたのだ――幕間狂言の中では
同胞の絆は蔑視され塹壕の中のレムスの宿命[38]に似ていた。さあ、聴け――
ロッシ[39]はカエサルの斃れた場所近くで黙したまま死んだ。
彼は「ブルータスよ、汝もか」とは言わなかった。
しかし、イタリアは、審問もされていないのに証言をした。

「我、彼を殺せり！　我こそはブルータスなり――我は誓う」と。
その言葉に全世界の嘲笑が答えた。
「ブルータスを気どる哀れな不具者よ！」と。

然り、かくも似てかくも非なるものは無い！　イタリアは、
暗殺の短剣がだしぬけに喉元を刺し貫ぬく所、
ポンペイ像の近く[40]では、剣さばきにはかくも熟達していた。
それでいて、フィリッパイ沖[41]での
正真正銘の鉾さばきには余りにも拙さすぎた。
かのミケランジェロの予言は的中したのだろうか――
ミケランジェロはブルータスを完璧と考え、
「芸術」の電熱に燃えて鑿《のみ》を振るい
大理石にブルータス像を彫り出そうと励んだ時
(予言の幻影が、即ち、
彼の祖国イタリアの考えによれば
ブルータスと呼ばれるにふさわしいものが、ゆっくりと立ち現われ)
彼の造型の手はたちまちその予言者の霊の前にたじろぎ、
ついに、断片の未完のブルータス像を残した――しかし、それとて
ローマの自称ブルータスよりも偉大だった！
マッツィーニよ、汝の布に一本の横糸と縦糸を示せ！

短剣の柄を渇望する輩と徒党を組んではならぬ。
然り、イリタアのために組んではならぬ！
また、愛国者として実践者として、汝の心情にひけをとらぬ
純粋な勇士から離れてはならぬ――
然り、離れてはならぬ、共和国のために！――
もっとも、汝が極端な理論家となっている時、
彼らは汝に従いはしない。信じよ、不信を減らせ。
そうして、連帯を強め、大義を汚れなく保て。
（「神」の御印を与えられて）新たに鳴り響く戦いのラッパが
その大義をやがては世界に広布し、喝采を博するだろう。

しかし今や世界は忙しい。
世はこぞって「博覧会」[42]に出かける。
大英帝国は、フェズ、カントン、デリー、ストックホルム、
アテネ、マドリッド、ロシア、広大なアメリカから、
流れ出る地の限々を引き寄せる。
あたかも女王が、黄金の帯の中に、
長衣を引き入れるように――
島、半島、岬、大陸、
碧玉の砂原と緑玉髄の丘に隠された遠い内陸地方、
すべてが、華麗な裳裾をひきつつ、

豪奢な「水晶宮」の扉を通った。
あらゆる国が、昔は疎遠であった国に
向かいあって市民の会釈を交わし、
その博覧会の前に、最良の手段で造り得る
最良の作品を誇らかに右手に掲げる。
「恐れ入りますが、この珊瑚細工と
あなたのオーク材とを見比べて頂けませんか。
これらは、我が紫の大海原の中で、早く大きくなるのです」——
「このダイヤは、私が暗いダイヤの陰に沿って通った時、
（大理石のフリーズに刻まれた神の生き生きした眼さながらに）
私を見つめたのです。この品質等級の決定は済んでいますか」——
「私はこの織物を実に巧みに織りましたから
金がクリームのように絹の表面に浮かび、
凝縮して美しい模様になっています。御覧下さい！」——
「この繊細なモスリンは、とてもモスリンに見えぬとお考えですか。
さあ、遠慮なく触ってみて下さい。ハフィーズ[43]の中で
チャーキーの顔はこのように覆われていたのです」——
「この絨毯は—あなた方はその上を王侯のようにゆっくりと
精霊のように音もなく歩まれる。その間、あなた方の足は
ビロードのバラ模様の中に深く沈むのです」——
「アポロニウス[44]さえ、このフルートを推賞するでしょう。

その調べは、歌口から流れ出し、湧き上り、
演奏者を豊かにするのです。値を定めて頂きたい！」
「こちらは杯でございます。葡萄酒と共に、
葡萄が熟すのを促した太陽を飲みほすべき杯です。
光と酒を共に飲みほして下さい。いずれも純良です」――
「この模型蒸汽船があなたを驚嘆させるのですか。
盲目のジョーヴ神[45]が雷電で道を手探りするように、
この船が大海原を鎮圧するのを御覧になってほしいものです」――
「こちらは彫刻です！　ああ、我々も生きるのです！
我々の生命を大理石の中に刻み込もうではありませんか。
芸術の神は、ミケランジェロ後の芸術家にも席を設けるのです」――
「私はここに自然の顔を描いてみました。何故なら、
私たちも知っているとおり、自然がラファエロを
包み込むのであって、その逆ではないからです。自然は、
私の絵の完成を助けていますか」――「我等のこの刀剣には
敵わないと思いますよ！」――「この磁器にも！　陶土の中に
花の胚芽が隠されていると人は夢想することでしょう。
それが芽生え器を膨らませるのです。おなじみの「春の習性」です」
――「この木彫りにも及びますまい。木蔭で小鳥たちが
身をくねらせる蛙やよじ登るキューピッドと戯れているのです」
おお、東方の、また西方の「博士《マギ》」[46]たちよ、

あなた方の黄金も乳香も没薬もすばらしい！　――ところで
キリストのために他にどんな贈物を持って来るのか。
あなた方の腕前は存分に発揮された。しかし、あなた方の勇気は
工芸品のみに費やされたのか。高潔の士が完成して
献呈するもの、「神」がその奉納者を嘉し給うような
最高の品は、何も持っていないのか。
自由主義国の民よ、夜でもないのに暗闇に坐っている
哀れな者たちを教化する光は持っていないのか。
心の拗けた子らを癒す良薬はないのか。キリストよ――良薬は無い！
男が掟を定めたが故に、人目を避けてすすり泣いている女に
救いはないのか。売春宿の袖引きが、民衆の怒りの稲妻で
焼き尽くされることはないのか。我がイギリスよ、汝は
このような悲しみに救済策を見つけなかったのか。
オーストリアよ、鞭打たれ縛られた者に出口はないのか。
追放された者に入口はないのか。ロシアよ、
地下で働かされ鞭打ち刑を受けたポーランド人に、
雪に埋もれて白くさらされた貴婦人たちに、安らぎはないのか。
アメリカよ、奴隷たちに情けをかけないのか。
自由フランスよ、騎士の国フランスよ、ローマに希望はないのか[47]。
ああ、大国には大いなる恥辱がある。
おお、世界よ、悲運に泣く哀れなイタリアのためには

憐れみも、やさしい祝福の言葉も、
祈りも無いというのか。
おお、慈悲深い国民達よ、私に耳を貸したまえ![48]
あなた方はこぞって「博覧会」へ出かける。
私は人情の路傍であなた方の施しを乞う者——
「神」の正義がなされますように。
御幸運を!

イタリアの名において、「今は亡き」愛国の志士たちは、
祝福を受ける。彼らだけが立派にやりとげたのだ。
彼らの行為は申し分ない。だから凱歌をあげさせよう。安らかに眠れ。
彼らは、ピラミッドの中に眠るエジプトの王ほど
忘れられているわけではない。エジプトの王は
七十枚もの経帷子に包まれていても、忘れ去られている。
「死者たち」は生命の種となれ。そして
悲しい国土の心臓に埋まり、ついには
冷たく濡れた土塊をほぐし、どの傷跡からも
緑の祝福に包まれた「春の芽生え」となって伸びよ。
暴君は自らの為すことに気を配らねばならない。
なぜなら、犠牲者の腐乱死体が効力を発揮し、
激怒した神のように、積もった不正の山一つ一つに向けて

戦車を駆り立てるからだ。然り、
イタリアのために死んだ者は、取るに足らぬ者といえども
決して犬死にしたわけではない。
多くの者は、人生の苦闘の終わる前に、狂った目的に
むなしく逸れてしまっているけれども。
どの墓も威厳をもって広がり、
イタリア人たる連帯意識をつなぎ強化して、
いっそう深く地中に定着させる。どの墓もみな感謝を受けんことを！
彼女の墓も――彼女は、夫の傍で敵を嘲り、
唸りを上げる弾丸や激しく響めく波浪をものともしなかった。
しかし、ついに赤ん坊が、彼女の胎内で
世の粗暴な梶棒や血に飢えた犬どものために
萎縮するのを感じたのだった――そのため、
彼女の生命は眼から胎内へ沈み
敵の手の届かない所へ消え失せた。
ガリバルディの妻と子[49]はかくの如く死んだ。
今は、海藻が経唯子や頭巾のように
彼女の亡骸にまといつき、砂浜に埋葬されて横たわる間
引いてゆく波が呟くように小石をきしらせる。
おそらくは、昇天して行く前に、彼女は
子供のために先立つことを、そしてもしそれが過ちならば、

詫びるために夫の顔を仰ぎ見たことだろう。
（夫の顔は、無念の極みの苦悩にも微動だにしなかった）
彼女がそうせざるを得なかったことを、彼はよく憶えている。
決して忘れてはならぬ墓！[50]　もう一つはジェノヴァにある。
王が横たわるのにふさわしい墓。彼は
（身震いする軍馬を三度砲火の真ん中へ突入させ、
砲火のショックで空が後へ旋回するのを感じたにもかかわらず）
敗れたノヴァーラで死ねなかったことに
己の英雄心を張り裂いた。
彼は砲煙の晴れる前に先祖伝来の白貂毛皮を脱ぎさり、
彼の王権に卑劣さや裏切りの曇りがあったなどと
誰にも陰口を言わさぬよう、魂まで裸になって
ただちに追放の身となり、
然り、追放された愛国者となって国を出た。
彼は敬われるべし。

然り、まことにカルロ・アルベルトは立派な死を遂げた。
或る人の言うように、全生涯を立派に生きたとはいえないにしろ、
微罪は[51]弔いの鐘と共に静かに消え去る。思うに、
彼は砲煙に包まれて免罪を言い渡されたのであり
王冠を脱いで英雄の額を現わしたのだ。

オーストリアの軛を揺さぶり、
彼は自らの手と心を砕いたのだ。「これで良し」
彼は寂しい床で臨終の言葉を述べた、
「余は少なくとも教皇や大公のように死ぬのではない――
それを「神」に感謝する」
彼が昇天した今となっては、
王冠を脱いだ彼が、愛国の志士と高貴さを競い合うに足ると
明らかにされたことを我らは認めよう。
オポルト[52]帷子に包まれた彼の傍に
愛国の志士が立ち、各人、彼の手をとり、
頬に接吻し、声高く言ってやるがよい――
「汝もまた、我らの祖国のために苦しんだのだ！
我が兄弟よ、汝は我ら同志の一人だ！　誇り高くあれ」と。

今もなお、イタリアが話題に上る時は、墓。
今も、あいかわらず、愛国者の墓、他国人の憎悪。
今もニオベ[53]の悲しみ！　自分の美しい子供たちを
いとも眩い光の矢で射殺したと同じ太陽を浴びて、
今もなお気を失っているニオベ！
彼女は、「運命の女神」から、墓を飾る花輪しか貰わなかったのか。
弔いの歌以外には何も？　――いや、気高いピエモンテには

生命が脈打っている[54]と、知って頂きたい！
一方、ローマの土像の足は、血潮に濡れ、
溶けて倒れ、当然ながら、ほどなく他の泥土のように、
シャベルで取り除かれるだろう。そして
教会や街路を自由に通れるようになるだろう。
子供が歌っていたがゆえに、
この詩の中で最初に希望をとり上げた私は……見よ、
私の希望と予感は、おそらくは、間違ってはいなかったのだ！
鳩の飛翔を観察した昔の詩人のように、
詩人とは今もなお予言者なのだ。だから、幼くいたいけな者が
大きな意味を開示しうることもあろう。

太陽は、窓を通して、床に光を投げかける。
まだ二才にも満たぬ、フィレンツェに生まれた我が子よ、
光の中に立って、お前をもっとよく見せておくれ！
陽光はお前の魂珀色の巻毛にそって広がり、
他のどの場所よりも明るく輝く。さあ、まっすぐ前を見、
お前の果敢な青いイギリス人の目で私の目を見つめておくれ。
そして、天使たちがお前と同じように晴れやかに
微笑む時に知るものを心から期待できるよう、
臆せずたじろぐことなく、

未来に立ち向かう私に教えておくれ。
今降りたつたばかりの足で、「神」の道を下り、
雪と雪の花《スノードロップ》の間を、かわいい小羊たちが草を食む地を歩む
私の小羊よ、お前はその道に何の不安も抱いてはいない。
お前は私たちほど「神」について学んではいないと、
私たちは自惚れて臆測しているのだが。
私の青い目をした予言者よ、立っておくれ！ ——
朝一番の日の光を、グイディ館の窓を通して、
偶然にも、受けているお前よ、
さあ、お前の髪の燦めく光輪を揺するがよい。
「神」の証人となって、大自然の新しい生命の泉が、
到る処にほとばしり出て、流れを浄化し、
大気中にはびこる有形の害毒から護っていることを
証言しておくれ。大地は生きていることを、
静穏であれ不穏であれ、大地内の動きは
ただ育成を示すものだと証言しておくれ！ ——
大地は精を出して働く土竜《もぐら》の上にも緑濃く膨れ上るのだ。

不穏な世界がいかに苛立ち怒り狂うとも、
親の愛を受けて高くあげられる幼い子供たちは
口元に微笑みを浮かべて周囲を見渡し

うち鳴らされるすべての鐘の音を音楽だと思いこむ。
(子供たちのようになれば、もっと幸福になれる[55]ものを
とは誰の言葉か) 子供たちが膝の上で微笑みつつ、
我らの愚鈍ぶりを咎めているにもかかわらず、
**我々**は未来に向けて不平を呟きながら坐っている。
さあ、行こう——「神」を信頼しよう。
人間が廃墟と諦める空洞に、「神」はたぐいまれな大理石の柱を建てる。
或いは大きなアーチをつなぎ合わす。そして
ついに神殿が完成する。
この世に全滅は無い、たとえ僅かな消失はあるにしても。
愛し子よ、私はお前の微笑みからこのような励ましを受ける!
ヴェールの上に浮き出ているお前によく似たケルビム[56]の顔が、
「贖いのふた」の方に向いている。

(第二部完)



## 註

1 汝はしばしたりとも目覚めていることはできないのか　——ゲッセマネでのペテロに対するキリストの言葉。「マタイ伝」二六章四〇節、「マルコ伝」十四章三七節参照。

2 今なおまぐさ柱から血が滴る　——アイスキュロス作『アガメムノン』冒頭部参照。鳥占いへの言及。アト

レウス家の館の棟に黒鷲と白鷲が姿を現し、仔をはらんだウサギを食べた。それを見て軍隊付きの陰陽師はトロイア遠征を占った。

3 ロンバルディア北部の勝利　――一八四八年三月一八日に始まったミラノの五日革命を指す。市民軍がラデッキー将軍率いるオーストリア軍を退却させ、トスカーナはじめイタリア各地から志願者がロンバルディア救援に駆け付けた。

4 王侯を信頼する　――「詩篇」一四六章三節参照。

5 庶出のカエサルたち　――初代ユリウス・カエサル（ジュリアス・シーザー）の後継者としてローマを支配するレオポルド大公らを指す。彼らは、ガリア征服のような偉業を成し遂げる能力は無いが、ルビコン川（ローマとガリアの境界線となっていた川。カエサルは法令に反してこの川を渡って進軍し、ローマの自由に対する脅威となった）を渡る、という暴挙に出たり、また、癇癪の持病のあったカエサル同様に、気を失って倒れたりはする、という意味。

6 パウロからパウロヴィッチ　――「ヴィッチ」は「息子」の意。すなわち、父親から息子にいたるまですべての専制君主は、自らの善意に促されない限り、何事も為そうとはしない、ということ。

7 人民は、留まったし、また留まらねばならなかった　――「王侯は去り、人民は残る」という当時のイタリアの諺の皮肉なエコー。

8 グエルラッツィ　――レグホーン一揆の指導者。レオポルド大公の不在中に、マッツィーニらと組み、革命に成功し、フィレンツェは共和国宣言をした。共和体制崩壊後、反動主義者は首謀者として彼の引渡しを要求した。

9　一文税を廃止し　――前出のグエルラッツィの税制改革。ブラウニング夫妻はイタリア諸州間の貿易関税は国家統一の障害であると考えていた。

10　ピエモンテは、オーストリアの専制に対するイタリア解放運動の中心であった。

11　独特の帽子を被っていた　――十九世紀初めの自由イタリアを唱道した秘密結社カルボナリ党員にちなむ。カルボナリ党員は赤と青の飾りのついた、切れ込みのある黒いビロードの服を着、山高帽を被っていた。

12　自由の木　――一八四八年革命党員によって、旗や帽子で飾られた自由を象徴する木がイタリアとフランスで立てられた。E.B.B.は党員たちの限界と矛盾を批判して、これは枝も葉もなく実もならない単なるポールに過ぎない、と述べている。

13　善悪の木　――「創世記」二章九節、三章五節参照。

14　「このヨーリックはふざけすぎる」　――『ハムレット』五幕一場参照。

15　顫音を響かせて歌う　――トリルで歌うこと。オペラはイタリア解放運動にとって重要な役割を果たしていた。ヴェルディのアリアが愛国のモットーになっていた。

16 サクソン人 ――ここでサクソン（アングロ・サクソン）人を理想化して喚起しているのは、イタリア救援にいっこうに動こうとしないイギリス政府に対するE. B. B. の苛立ちを示している。

17 フリギア帽 ――フランス革命の際にかぶられた自由を象徴する帽子。先が前に折れ下がる円錐帽。

18 ギルボア ――「サムエル前書」二八章参照。ギルボアは戦場。サムエルは預言者。イルラエルの王サウルがペリシテ人と敵対し、ギルボアに布陣した折、神に指示をあおいだが答えてもらえず、サムエルの霊をよびだし、翌日息子とともに死ぬという予言を受けた。

19 帽子にオリーヴの葉を飾っていた ――オリーヴの葉は平和の象徴。

20 イギリスに叫び声が上がる ――一八四九年パリでの平和会議へのイギリス代表、コブデン等によるヨーロッパにおける国際間平和と内政非介入の動きへの言及。

21 黄金の羊毛 ――ギリシア神話。英雄イアソンがアルゴー船にのって遠征し、魔女メディアに助けられてコルキス王から盗んだもの。

22 全滅したポーランド ――以下、一八四九年のヨーロッパにおける革命運動鎮圧への言及。ポーランドはロシアにより蹂躙され、唯一残ったクラクフの共和国もオーストリアに占領された。

23 窒息したローマ ――一八四九年マッツィーニによって創設されたローマ共和国も六月にはオーストリアとフランスによって転覆させられた。

24 目がくらんでしまったナポリ　――第一部註104参照。

25 革鞭の下に気絶するハンガリー　――コシュートにより樹立された革命政府はオーストリアとロシアにより鎮圧された。米英が介入を拒否したためである。

26 マッツィーニ　――（一八〇五～一八七二）、イタリア統一運動を推進した愛国的社会運動家。内外の専制主義からイタリアを解放するための「ヤング・イタリア党」の創立者であり、同名雑誌の発行者。

27 ペテロの岩　――ローマカトリック教会を指す。「マタイ伝」十六章十八節、「あなたはペテロです。わたしはこの岩の上に教会を建てます」参照。ペテロの椅子は教皇の玉座を指す。詩人は、この比喩を使って、教会権力こそがイタリア国家を難破させる原因だ、といっている。

28 虎縞のシエーナの大聖堂　――黒と白の大理石を交互に重ねて建てたもの。

29 ジョアン　――プラティナの『教皇伝』中、九世紀、レオ四世を継いだと言われている女性。しかし否定説もある。

30 ボルジア　――（一四三一～一五〇三）、イノセント八世を継いだアレクサンドル六世。その不行跡ゆえに悪名が高い。

31 漁師どもは今もなお網のことを考えている　――「ルカ伝」五章四～六節参照。イエスの指示に従って使徒たちが網が破れそうになるほど魚を獲ったことへの言及。人間をすくいとる精神的な意味での漁師、すなわち、司祭たちは、肝心の人間のことより、網のほうを気にしている、といっている。

32 ケドロン川 ——「ヨハネ伝」十八章一〜八節参照。ユダに裏切られ、ペテロに否認される前にキリストが渡った川。ケドロンの水を十字架にたとえている。自らの選んだ弟子の一人であるユダに裏切られたゆえに、その苦悩はいっそう深いということ。

33 犠牲者の代償で墓地を買う ——「マタイ伝」二七章七〜八節参照。キリストを裏切ったユダに銀貨三十枚が支払われたことへの言及。祭司長たちはこの金でよそ者たちの墓を買った。詩人は、教皇が徳よりも富を愛し、生きている人間を救うことより死者の入棺の準備をすることの方に忙しい、といっている。

34 ウリムとトンミム ——「出エジプト記」二八章三〇節参照。裁判を担当するユダヤの高僧が胸当てに付けていた実体不明の品。神意を知るための宝石のようなものではなかったか、との説もある。

35 レビ族 ——レビ族は祭司階級として他の部族から選別されていた。

36 「ヨハネ伝」十九章二三〜二四節参照。

37 聖パウロの後継者となれ ——「使徒行伝」十八章三節参照。

38 塹壕の中のレムスの宿命 ——ローマ建国のために塹壕を掘っていたとき、双生児のロムルスに殺された。

39 ロッシ ——（一七八七〜一八四八）教皇の司祭であったが、カエサルが元老院で殺されたように、彼も代議員室で暗殺された。

40 ポンペイ像の近く　――カエサルはポンペイ像の傍らで暗殺された。

41 フィリッパイ沖　――アントニウス側とブルータス側との戦闘場。

42 世はこぞって「博覧会」に出かける　――一八五一年、ロンドンの水晶宮で開催された博覧会のこと。

43 ハフィーズ　――十四世紀のペルシアの抒情詩人。彼はガザル（押韻する二行連句からなる抒情詩形）の中で、夢の中に現れる美女を描いている。トマス・ムーアの韻文物語『ララ・ルーク』への言及だ、との指摘もある。

44 アポロニウス　――フィロストラトス（ローマ帝政時代のギリシアのソフィスト）は、アポロニウス（一世紀ごろのギリシアの哲学者）がリノス（ヘラクレスの音楽教師？）の楽器に対して批判的であったことを記している。

45 ジョーヴ神　――ジュピター。ローマ神話のユピテル。神々の主で天の支配者。ギリシア神話のゼウスにあたる。

46 東方の、また西方の「博士（マギ）」　――「マタイ伝」二章十一節参照。

47 自由フランスよ、、、ローマに希望はないのか　――一八四八年の第二共和制のフランスがイタリアに支持介入することをE.B.B.は繰り返し期待していた。だが、現実には一八四九年、フランスはローマに進軍し、旧秩序を回復させる側になった。

48 私に耳を貸したまえ！ ——シェイクスピア『ジュリアス・シーザー』三幕二場七六のエコー。

49 ガリバルディの妻と子 ——ガリバルディの妻アニタ。臨月の身でありながら夫に同行した。一八四九年七月ローマ共和国崩壊後、オーストリアに追跡され、船でヴェニススへ向かう途中、ラヴェンナ近くの海岸に上陸。八月四日、アニタは胎児とともに死去し、砂浜に埋葬された。

50 決して忘れてはならぬ墓！ ——サルデーニャ王、カルロ・アルベルトへの言及。イタリアで憲法を認めた唯一人の王。彼の善政は一八四八年まで続いたが、後ノヴァーラでオーストリアに敗北した。彼は死のうとして死ねず、オポルトで死んだ。墓はジェノヴァにある。

51 微罪は ——ノヴァーラの戦い以前の数年間、アルベルト王はイタリアの愛国の大義を支持するべきか迷い、出版の自由を禁じていたことへの言及。

52 オポルト ——ポルトガルの北西部、ポルト地方の港市。追放中のアルベルト王の亡くなったところ。

53 ニオベ ——前出。第一部註8参照。

54 気高いピエモンテには生命が脈打っている ——E.B.B.は、アルベルト王の息子であるサヴォイ家のヴィクトル・エマヌエルがリーダーを継ぐことに期待をかけていた。

55 子供たちのようになれば、もっと幸福になれる　──「マタイ伝」十八章二〜五節参照。

56 ケルビム　──「出エジプト記」三七章九節参照。ケルビムは神に仕えて玉座を支えたり守護霊になったりする。美術関係では翼のはえた愛らしい天使童児で表現される。

# 『会議前の詩篇』一八六〇年

## 序文

これらの詩歌はその詩篇が描くいろいろな出来事に伴うプレッシャーの下で書かれたものである。イタリアにかくも長く暮らした後では、偉大な方針が現在勝利をしめていることに著者の感情は高揚するのである。一八四九年に『グイディ館の窓』から目撃したこの前の運動が悲惨な結末に終わっただけにいっそう高揚させられるのである。しかし、たとえこれらの詩歌がイギリスの読者にはあまりに辛らつに表現されていて、イギリス的な分別に対する愛国の敬意が認められないと映るとしても、私は前述の事情を理由に弁解するつもりはない。またイタリア人に対する私の愛着心や彼らの英雄的な忠誠心や団結力に対する私の称讃の気持を根拠に弁解するつもりもない。私が書いたものは、ただ私が真理と正義を愛するがゆえに書かれたのである――やはり「プラトンよりも」そしてプラトンの国よりも、ダンテやダンテの国よりも、いや、シェイクスピアとシェイクスピアの国よりも、愛するがゆえに。

そして、もしも愛国心がいつでも自国へのおべっかを意味するのなら、それなら、愛国者とは、お好きなように解釈していただいて結構であるが、単なるご機嫌とりにすぎない。私はそのような人間ではない。もっとも私は『イタリアのナポレオン三世』を書いたけれども。今は特定の用語の意味を限定するべき時、あるいは特定の物事の意義を拡大解釈するべき時である。国民的感情は、しかるべき場所においては素晴らしいものである。そして自己愛の本能は人間の根源であり、それは発展して自己犠牲の美徳になるだろう。しかし、すべての美徳は手段であり、効用である。だから、もしそれらが伸び広がろうとする傾向を妨げるなら、我々はそれらを美徳同様に破壊し、かつまた、例のもっとも鼻持ちならない腐敗したものへと堕落させることになる。これはもっとも高貴な組織体のために留保されたものである。たとえば——隣国の事情には干渉しないことは高い政治的美徳である。しかし不干渉は、他方で、隣人が盗人の間に倒れたとき知らぬふりを決め込むことを意味するものではない。——さもなければパリサイ主義*がキリスト教から復活することだろう。自由それ自体は特権であるばかりでなく、美徳である。しかし海上での自由は海賊行為を意味するものではないし、また、陸地の自由が山賊行為を意味するものでもない。上院の自由が意見を異にする議員を棍棒で打ち据えることを意味するものではなく、また言論の自由が中傷や虚言を吐く自由を意味するものでもない。それゆえ、もしも愛国心が本当に美徳であるなら、我らの母国の利害だけに対して排他的に献身することを意味するものではない——なぜならそれは個人的利害、家族の利害、あるいは地域の利害に対するもうひとつの形式にすぎないからである。それはすべて、もしもそれ自体を超えて推し進められない限りは、低俗で不道徳な対象である。偉大な国には不釣合いの、我々の間に蔓延してもいる「けち臭い行商人根性」を捨て去ろう。もしもこの自然のままの生活以上のものを見ない人がやや狭量であるとすれば、自国の国境線や自国の領海を越えた遠くのものを見ない人は必然的にどのようにならざるをえないだろうか。

私はイギリスの政治家がイギリスには広大すぎる心を抱いて行動を開始する日を夢見ている。同国人を前にして、提案された政策を主張する勇気をもって——「これは皆さんの取引にとって有利です。これは皆さんの統治に必要です。しかしそれはすぐ傍の民族を苦しめることになるでしょう。またそれは遠く離れた民族を傷つけることでしょう。それは人類全体に対して何の利益にもならないでしょう。ですから、それは放棄しなさい！　──それは皆さんのためにも私のためにもならないのです」と。大英帝国の大臣が敢えてそう語り、大英帝国の国民がそう語る彼に拍手喝さいする時、その時こそその国家は栄光あるものとされるだろう。しかもその称讃は国内から、声高い市民の口から爆発するのではなく、国外から、すべての価値ある称讃が必然的にそうであるように、帝国が促進してきた同盟国や帝国が救った集団から届くのである。

そして、あの当時の出来事について書く詩人は、詩歌のせいだとされる国民感情というごく些細な軋轢のために、序文で自己弁明をする必要など永久になくなるであろう

ローマ　一八六〇年二月

## 註

パリサイ主義　──形式主義、偽善。紀元前二世紀頃から紀元後にかけて活動したユダヤ教の一派。律法を厳格に遵守し、成文律だけでなく口述律法も重視した。

# イタリアのナポレオン三世

一

皇帝よ、皇帝よ！
パリ中心部から大西洋岸まで[1]、
セーヌ川からさかのぼりライン川まで、
八百万人が立ち上がり、誓った、
選挙し、法を制定するべき
成人の神聖なる権利によって、
この男が家系を再興すべしと。
それは人民の手が突き放した時[2]、
運命の重圧と連合王国のもと、
ウオータールーで破られたもの[3]。
　　皇帝
　万歳

二

あの日、人々は叫び声を一つにあわせ、
むき出しの墓から、
古い王家の表章を取り出したのだ、
閉じることのない墓から[4]。

そこにはナポレオン一世が横たわっていた、
期待しつつ、安息のうちに、
マーリン[5]のように身じろぎもせず、征服者の顔を
あお向けて、前進する種族の人々や英雄たちに
抑え難い訴えをこめて——
かつてあったものが未来にあるはずのものに
お墨付きを与える準備をととのえて。
皇帝
万歳

## 三

思索家たちは脇に立って
その国民に行動させる。
ある者は帝国という新たに制定された事実を憎悪した、
プライドが彼らのプライドをふみにじるので。
ある者は落胆した、過去において有毒であったものが
この青臭い「現在」に、例のドルイド教[6]の枝におけるように
おのずと接木するのを恐れて。
ある者は呪詛した[7]、
素晴らしい黄金の雨がおびただしく降り注ぐのを
期待していた広い空が、ついに
むなしく真鍮のうちに閉じられたから。

またある者は泣き続けた[8]、過ぎ去ったものが戻ることは不可能だから。
ある者は黙り込んでいた、例の大衆の確信について
すべてを疑っていたから――万歳、
皇帝よ。

四

あの日、私は憎悪しなかった、
疑いもしないし、落胆も呪詛もしなかった。
私は人民を尊敬しているので、
彼らの行為や託宣に対する敬意を減らしはしなかった。
また彼らの意思という偉大な結論に反対して
善くなるとも悪くなるとも
むなしいおしゃべりもしなかった。
それにもかかわらず、おお、歌声や詩歌よ、
歓呼して確信や狂喜や抱負を歌えと
「神」が私に課せられたものであるが、
我々はその人民の特許状[9]に音楽を添えることはしなかった、
民主主義的情熱によって
支配領域に移された
彼の名前の周りで脈打ち、溢れる
神聖なるリズムを乱すこともしなかった！
私は少なくとも慣れてはいなかった、

今もあの時も、慣れることはできない、
どんな種類であれ、玉座の上の
(たとえ国民が自らのために築いたものであっても)
白テンの毛皮を着た獣[10]を撫でつけることには、
また人民の王たちに対するうねり高まる合唱を強めることには――
「皇帝
万歳」

## 五

しかし今、ナポレオンよ、今や
世俗の王族たちの紫衣の群れを
はるか後方に置き去りにして、
汝は玉座の階段が導くよりも高く
汝の行為において歩み、
困った時には
国民たちの悲嘆にくれる心を強くあれと援助する[11]――
今や、汝は純粋な歌の高さにまで
高められているのだから、
我々は立って汝を迎える、このアルプスの雪の上で!
そしてわくわくと胸震わせる峰々が
我らの存在と叫び声に呼応して
夢遊症の安息から歓喜を発している間に、

我々、基本的な正義や
生得の権利に味方する人民の詩人もまた、
我々の木霊に加わり、止めはしない。
おお、ナポレオンよ、我々はついにこの高みで
汝に会い、汝が称讃を受けるに足る偉人だと知る。
詩人の聖油を受け取れ。それは僧侶の聖油よりも芳しい。
そして汝の道を進め――
イギリス人の詩人が汝にイギリスの言葉ではなく[12]、
「神」の言葉を固執せよと警告する――「神」の真実を真実とし、
すべての人間は嘘つきとせよ！「神」の真実をもって
すべての人間の嘘に応酬せよ。刀剣を高く挙げて強打し、
あの長いアペニン山脈の鉄床で
見事な警告の閃光火花を散らせ、
ついには人々の眼が新たな確信の前でまばたきするまで。
その鉄床は、同意を示す七つの国々[13]の面前でオーストリアが
イタリアを縛る鎖を鍛えて造るところ。
驚嘆する世界に「神」の正義をひらめかせよ、
崇高なる「救出者」よ！――何日ものちには
汝が為さんとして来た行為は価値あることだったと知られるのだ――
皇帝
万歳

六

しかしイタリアよ、我がイタリアよ、
この煌めきは長続きできるのだろうか。
イタリアは生き延び強くなれるのか、
それとも我らがかくも長らく夢見てきたその他のものと同じく
これもまたもう一つの夢にすぎないのか。
戦雲の破れた後では
雨のように
再び死に果てるのか、
あるいはイタリアについて歌われた
詩人の歌のように、
その名がイタリアなるがゆえに――最後には悲しげに
死に絶え、友を数えることもないのか。
かくなる運命か、そうなるに違いないのか。
胸には傷を受け、
手には一輪の花をにぎり、
墓石のうえに頭を載せて
身動《みじろ》ぎだにせずじっと横たわってきた彼女、
他方でどの国も意のままに
彼女の傍に恐れ気もなく立ち
憐憫と嘲笑をこめて彼女を侮辱する、
これは本当なのか――こう言われてもよいのか――

いわく「彼女はお休みだ、
彼女は美しい、彼女は死んでいる、
そして後から生まれた「我々」のために
自分の場所に余地を残してくれる、
これは確かに一番好都合だ！」
いわく「ああ、彼女は美しい、
とても美しい、だが死んでいる——席を譲れ、
そうすれば我々には子孫のための余地が手に入る」
——本当でありえようか。
彼女が生き返る、
彼女の息子たちの叫び声を聞いて、
フランスのラッパの音を聞いて、起き上がり、
新たに生きるとは。——本当なのか、
「四八年当時のように[14]」
呆然自失して身動きしなかった、というのは。
あの時、彼女の目は流血に悩まされ、
ついには敵と味方の区別も分からなくなり、
とうとう彼女の手は
自分の窮屈な経帷子にとられ、
自分がしたいという行為をすることも阻まれた。
彼女の弱い足は

王の墓に躓いてよろめき、
大きな喪失に倒れ伏した。
我々は沈痛のうちに彼女の顔を覆い隠し、言った、
「我々は夢を見ていたのだ、
彼女は生きてはいない、死んでいる」と。

七

今や、我々は言うのだろうか、
我らがイタリアは本当に生きていると。
そして、もしも勇ましい軍人の
太鼓やラッパの音がなかったとしたら、
地下の土が盛り上がり、力んでいるのを感じるだろうか。
そこは、いつかある日、必ず芽を出す種として
英雄たちがその遺灰を残したところだが。
また、もしもフランスとピエモンテの合同軍の
リズミカルな行進がなかったならば、
幽霊たちが廃墟の廊下やアーチを貫いて興奮し、
フレスコ画を描いた壁に沿って脈打ち、
彼らが絵画や書物や石材の中に残した
あの神聖なるものにかけて
誓いの言葉を囁くのを聞くだろうか、
イタリアはまったく死んでなどいない、と?

八

しかり、もしも我らの目に涙が、
突然の熱情の嬉し涙がなかったならば、
邪悪なものどもが打ち倒した場所から
彼女が起き上がるのを我々は見るだろうか、
イタリアが――暴君の頸木《くびき》から
ついに緩められて、自らの力に
蒼ざめ静かにしているイタリアが？
旗を運ぶ手は勇敢であるのに
サヴォイの銀の十字架[15]のように蒼ざめ、
真鍮製の進軍ラッパを超えて
吹き鳴らされるものを除いては
息一つだに動くものはない、
ガリバルディの軍隊が峠を奪取しないうちは[16]！

しかり、そうなのだ、まったくそのとおりだ。
しかり、そうあらせたいものだ。
昔「時」の道程標をつうじて
彼女が落胆し当惑して歩み、
今日と昨日の間に
自分の道を見失って、
道すがら背後に投げた割れ石の一つ一つが

生きている人間となって現れ出る。
そして各人が自分の引き抜いた
刀剣の光を顔に受けて立つ、
英雄にできることを為さんと構えの姿勢を整えて。
城壁には対壕を掘り、川は歩いて渡り、
大砲には面と向かい、敵を追跡する、
常に行動する構えの姿勢、忠誠をつくす誓いをたてる、
男であり、愛国者ならできるように。
ピエモンテ人、ナポリ人、
ロンバルド人、トスカーナ人、ロマーニャ人、
各人の肉体は魂をもっている――
何人が立つか数えてみよ、
彼らはすべて国土の息子たち、
そこのすべての生ける男は
地下の死せる男と同盟を結んでいる、
死に絶えた人がなけなしの血でもって
生ける手を速める、
万が一にも生ける手が遅い場合は。
ピエモンテの太鼓の音にあわせて
彼らが何人来るかを数えよ、
殺害者オーストリア人の刀剣よりも

鋭い、灰色の顔をして、
すべてのものが敵に対抗して備えられていた。
「皇帝
万歳」

九

彼らをすりつぶした塵埃から、
彼らを追い回した穴から、
彼らを鉄器で傷つけ、拷問し、
鞭打った牢獄船から、
彼らを追いたて、課税し、
それから銃剣で突いた街路から、
彼らを（娘や妻を利用して）
監視偵察した家庭から、
彼らを苛立たせ、
魂を腐らせ、品格を貶め、
ナイフで答えるように訓練し、
それから祈祷の最中に全員を呪詛した教会から！――
彼らを追放し、飢えさせ、嘘で欺いた
母国ではない寒い土地から、
彼らは戻ってくる、風のように、
丘陵に閉じ込められても無駄、それだけいっそう強く開けた平野の中へ唸り声をたてて道を開く。
あるいは火のように、石炭の燃え殻のために
それだけいっそう熱く、長く燃え、
焼き物師の目的により役立つ。
あるいは控えめな「神」の言葉のように、
妨げるように見えるものによって自己実現するのだ。
　「皇帝
　万歳」

## 十

フランスとサヴォイのために叫べ！
援助者と行為者のために叫べ。
善なる刀剣の響きのために叫べ、
さらに真実なるその思想のために叫べ。
この春に死者となった
霊たちすべてのために叫べ、
彼らの生ける栄光は確実である。
フランスとサヴォイのために叫べ！
評議会と告発のために叫べ！
カヴール[17]の頭脳のために叫べ。
国民の歓喜で偉大となる
「王」の心のために叫べ！[18]

フランスとサヴォイのために叫べ！

十一

マクマホン[19]よ、子供を抱き上げよ、
汝の手はマジェンタの
死闘のゆえに赤く染まっているが、
そしてさらに駆け続けよ、軍隊の面前を、
戦闘の塵埃の中を
ミラノの市門を通り抜けて、身をかがめ、
その子を汝の鞍の弓形部へ抱き上げよ、星のように澄んだ
その子の微笑の花のように柔らかな感触を恐れることはない！
汝はその子にたいして権利がある、と我々は言う、
なぜなら女たちは汝の助けによって、この日から
本当に幸せな母親にしてもらい、
随喜の涙にむせんでいるのだから。
女たちはテラスや屋根から花の雨を降らせている。
その子においてその花を拾い上げよ。
他方で叫び声があがる、
解放されて英雄的に自己甘受した国民から、
ついには遠く離れたあのアルプスの山頂の雪は、
「神」の指を新たに感じたように、急に突き出る、

また大聖堂の尖塔の上に登る聖人たちの
あの冷たく白い大理石の炎はすべて
蒼い空を背景に明滅する。
「皇帝
万歳」

## 十二

しかり、それは「彼」だ、
「王」の右手に騎乗するのは！
彼の馬のために場所を空けて脇へ寄れ、
また、新たに救出されて感動に浸る国の
忘我の中に押し寄せ近寄りすぎてはならぬ。
彼は感動している、よろしいか、
ことをすべてやり遂げた彼が。
世人はそれを冷たい厳しい顔だと言う。
しかし、これがイタリアである、
彼女が本来の自分の場所に起き上がるのだ！──
このために彼は青春時代に戦ったのだ[20]、
彼は過ぎし日にこれを夢見たのだ。
決然たる意思を示す口の線が
ついに少し震える。
大声で叫べ、彼がことをすべてやり遂げたのだ！

「皇帝
万歳」

十三
彼がそれを為したのは不思議ではない、
もっともその行為は指揮や統治の類にとっては
驚嘆するほどの無理をともない、
許されないことと見えるかもしれないが。
しかし彼は不思議な人だ、この人は。
人民の本能が彼を見つけた、
(ドアのないところで細い隙間を通して
走り抜ける暗闇の中の風を)
そして彼を選び、戴冠させた。
皇帝
万歳。

十四
専制君主だって？　嘲らせておけ、
人民の化身たる支配者は
普通の王族出身の王たちすべてを
超越せねばならないことを
理解できない者たちには。
これら地下に隠れた泉は

突然流出口を獲得すると
使うべき特別な力を持っている。
人民の血が彼には貫流して、
頭から足まで広がり、
彼を完全無欠に創り、
この偉大な発端から喚起するのだ、
彼を正当化し更新する
さらに偉大な結末を——
皇帝
万歳。

## 十五

何！「神」や人民が（考えてみよ！）
奇跡を生み出せても無駄だと
誰か主張したのか——
そこの水の入った広口瓶から
葡萄酒を出せても誰も飲めないと？
この人が他の人並みの男か、
大衆の気配という狂喜によって、知らないうちに
生み出され、最善の場所へ捉えられた
この奇跡の男が？
彼が低俗な外交官の慣行として

交換取引したり騙したりできると思うか、
彼の胸中には人民の心が宿っているのに？
真実が道路を塞がないように
嘘を喋り散らして具体化する、
世界がテープで絞め殺されるまで
無責任にふるまう、
完璧な魂の手足を切って
ヒキガエルの穴に合わせる、
犬小屋番人の肉をくすねて「神」の子孫を養う、
そのようなことを彼ができると？

十六

否、しかし、この驚異の人、彼は
誤魔化しも喋りもできない、
彼の周りや下にいる多くの者は
曲がった策略には訓練された知能をもっているが、
精神的も肉体的にもまったく彼を信用しない。
なぜなら彼の意味することは真っ直ぐであるからだ。
彼が出発する前に
これまで統治し、指導してきた者たちと比較せよ。
心の分だけより大きく、
頭の分だけより大きい。

皇帝
万歳。

十七

彼は考える、同意するにしろ、異を唱えるにしろ、
国民は時節と共に動くに違いないと。
彼は想定する、先例のある犯罪は
その犯罪の有罪性を二倍にすると。
——彼は否定する、奴隷商人の契約が、
あるいは悪漢によって記名調印された条約が、
（クオルム　マグナ　パルス[21]　そして、
ほかには誠実な名前が一つあった）
人間を廃止して奴隷にしてしまえという
論破不能の要求権を与えることを。
皇帝
万歳。

十八

彼は尊大な振る舞いはしないし、
自分の国が受け取るべき報酬を自慢もしないだろう、
万が一、偉人が自分の受ける報酬について語るとしても、
偉人にもっとも不似合いな口調ですることはない。
また、彼は、イタリアの味方であって、

高潔な誇り高い人がまさかの時に
公言できるよりも卑しい動機から、実際、
行動することもしないだろう。
お金や名誉、あるいは慣習のために、
もっともこの類のものは蔓延しているが、
広大な人生を測るのに
卑小な道徳を順応させることは決してしない。
商人たちは説得し、
兵士たちは熱心に争いを求めるが、
彼は自分の国がいさかいではなく、
ただ取引をしているのを見出す[22]——
一方で、人々が彼女[23]に奉仕をし、
引き受けるには重荷で、
かつ骨折り甲斐もほとんどないと知っているところで、
彼は彼女のために決してしり込みはしないという
名誉をなおも彼女に与える。
国民たるものは利他的に
行動できる—— 槍を振るえると、
(事実、彼女の一番小さな息子でさえできるように)
しかも財政の大儀のためではないと、信じて。
皇帝

万歳。

十九

偉大である、
自分の偉大さを万人のために使う彼は。
拍手し、懐かしむべき名前として
彼の名前を永久に高くかかげさせよう、
都市城壁の内側の
忠誠なる者たちのためだけでなく、外側の
寛大にして自由な者たちのためにも。
公明正大である、
私人としての負債だけでなく、
公衆に当然払うべきものに対しても公正な彼は。
滅びんとする諸国民の賛辞が
彼の上に降り注ぐ――網に絡めとられた暴君たちや
不安と疑念で目眩を起こしている政治家たちから
見えるところで彼に戴冠させよ！
そして、多勢の彼らに対し、
彼はたった一人だが、
利己的で残虐な国家は
高邁な意思の総体を殺し、
彼らの場所から偉大な行為を焼き払う

糾問者の薪を積み上げ、
ついにはこの偉業が、何物よりももっとも偉大なことが
不完全に為されたように見せかけるけれども。
勇気を出せ、誰が欺こうとも！
勇気を出せ、勇気を奮え、誰が卑しいことを為そうとも！
高邁な意思をもつ魂は、知られて欲しいものだ、
死ぬことなどありえないと。ちょうど
「神」が玉座の下で自分の傍に留めおく魂が死なないように。
そしてこの偉業は、その暫定期間がどんなものであれ、
未来に生きながらえ、完成されて
完全体をそなえた諸行為という存在になるのだ。
勇気を出せ、勇気を出せ！ 幸いなるかな、彼は、
(彼自身は死して黙せる者たちの仲間だが)
彼については以下のような賛辞を捧げよう。
――彼は世界を自分のものにすることもできただろう、
だが彼は苦しむ人々に与することを選んだ、
そして彼がイタリア救出のためにやってきた時、
世界を敵にまわしたのだ[24]。
皇帝
万歳。

註

この作品はスタンザ毎の行数、及び一字下げ、二字下げ等の文字の配列も不規則で複雑である。訳出にあたっては、「皇帝万歳」のリフレイン以外はすべて上ぞろえに統一した。

1　パリ中心部から、、、ライン川まで　――パリから西方の大西洋までセーヌ川からライン川支県まで、投票が実施され、ルイ・ナポレオン・ボナパルトを皇帝ナポレオン三世とした。この投票はその前年の一八五〇年に制限投票法案を採用していた議会を解散し、一〇年間新たな統治形態をとるという彼のクーデター宣言を追認するものであった。ナポレオンの得票数は詩人の歌っているとおり、八〇〇万に達した。

2　人民の手が突き放した時　――最初は大衆の支持を受けたナポレオン一世が勝利をしめたが、後に独裁的な政治を強めるにしたがい、民衆の支持を失ったこと。

3　ウオータールーで破られたもの　――ウオータールーの戦闘で、ナポレオン一世が、ロシア、オーストリア、プロシア、イングランドからなる連合王国に敗戦したことによって破られたボナパルト家の系図。

4　閉じることのない墓から　――　ナポレオン一世の遺灰への言及。ナポレオン三世によってセント・ヘレナ島から持ち出され、オテル・ザンバリッドの霊廟に永久に埋葬されるまでを指す。

5　マーリン　――アーサー王伝説中の魔法使いの預言者。彼自身の魔力が彼の不利に働き、石の下の岩の中に閉じ込められた。

6　ドルイド教　――古代ケルト民族の異教僧ドルイドの創始した宗教団体。霊魂の不滅と輪廻・転生を信じ、死の神を世界の主宰者と信じた。ドルイド教の枝とは、神秘的な儀式でドルイドによって切られる樫の枝のことで、この枝にヤドリギが絡みつく。ここでの言及は帝政における帝国的要素への不安を指すのであろう。今では死に絶えたはずの過去の思想という重荷が接木されると、それがからみつくヤドリギとなり、生命活力に満ちた現在を危険にさらすだろう、という不安である。

7 ある者は呪詛した　――帝国は、奇跡的な黄金期、すなわち完全な兄弟愛という社会主義的な夢想を実現不可能にしたことを指す。

8 ある者は泣き続けた　――ブルボン王家の支持者たち、すなわち旧王族による旧体制の復活以外は何にも満足できない人々を指す。

9 人民の特許状　――ルイ・ナポレオン・ボナパルトが皇帝となり、第二帝政をしくことを可とした民衆の特許状。

10 白テンの毛皮を着た獣　――白貂の毛皮は王族の着るもの。その毛皮はいかに柔らかであっても、王族という獣性を隠すことはできない、ということ。

11 強くあれと援助する　――ナポレオン三世が皇帝としての支配を人民の意志に従って行ったからではなく、ただ彼が踏みにじられているイタリアをオーストリアの圧制から救い出すことに同意したゆえに、本当に皇帝であり、詩人の称賛をうけるにふさわしい、と述べている。

12 イギリスの言葉ではなく　――イギリスの政治家たちは極力オーストリアとの戦争を回避しようとし、ナポレオンの野心をおそれ、彼の軍隊派遣に反対した。

13 同意を示す七つの国々 ――ヨーロッパの七つの大国は多かれ少なかれ、無言のうちにオーストリアがその餌食(イタリア)を好きなように扱うことに同意をしていた。

14 「四八年当時のように」 ――一八四八年、ミラノからナポリにいたるイタリア全土に革命の波が広がったが、たちまちその息の根を止められ、何事も無かったように終わったことを指す。『グイディ館の窓』参照。

15 サヴォイの銀の十字架 ――サヴォイ大公、ヴィクトル・エマヌエル二世の旗。彼は父チャールズ・アルバートの退位後、ノヴァラの戦いの後、サルデーニャとピエモンテの王位を継承することをオーストリア人によって認められた。

16 ガリバルディ、、、奪取しないうちは ――一八五九年三月、ヴィクトル・エマヌエルはガリバルディに戦争が差し迫っていると告げ、参戦せよと招いた。ガリバルディはわずか三千人の部隊とともに三月二〇日マッジョーレ湖畔の峠を越えて敵国へ侵入した。

17 カヴール ――(一八一〇~一八六一)は一八五二年、ヴィクトル・エマヌエル二世の首席大臣になった。カヴールの頭のよさを証明した政策についてはマルティネンゴ伯爵夫人(Countess Martinengo)により簡潔に要約されている。「彼ほど幻想を抱かなかった人はいませんでした。実現不可能なことを追求するのは常に政治的失策というよりも政治的犯罪だと彼は信じていました。……オーストリア人のイタリアからの永久追放は外国の援助なしには不可能だと考え、最初から外国の援助の確保を企画したのです。彼ほどその援助なしでやれることを喜ぶ人はいなかったでしょうが。イタリアの自由は民主主義グループとの緊密な同盟なしには勝ち取れないと考え……直ちにその同盟を確立する処置をとりました。カヴールはダンテの君主国、あるいはマッツイーニの共和国のような理想的な完全な国家を創れるとは信じませんでした。生きている国の方が死んだ国よりましだ、また、目覚めつつある国の闘争、新しい国の猛進の方が、夢見る眠り、甘美な沈黙、悲嘆を綴る永劫の記憶よりも限りなく好まれるはずだと考えたのです。……もしも実現不可能なことを試した者がいなかったならば、カヴールは自分の仕事にその地が準備されているのを見出すことはなかったでしょう……彼の前向きな性格、現実的な天才なしには、見事な努力活動の時代が成し遂げられた事実の時代へと移行することはなかったことでしょう」まず、彼はイタリア中の最も強い邦、ピエモンテの名前を挙げ、クリミア戦争にイギリスとフランスと共に参加することによって、諸国の中の一国としてのイタリアの名声をあげ、その結果、戦後、オーストリアの反対にもかかわらず、パリ講和会議に出席する承認を得た。次にはイギリスには現実的な援助は期待できないという結論に達したあと、彼はナポレオン三世に援助を求めた。そして一八五八年七月二〇日、ナポレオンとカヴールはヴォージュ山地の温泉地、プロンビエールで協議し、同盟条件の輪郭が描かれたのである。一八五八年一二月、カヴールはイギリスの外交官ラッセル氏に、五月の第一週までにオーストリアに宣戦布告をさせる(そうすることでオーストリアを名実共に侵略国として不利な立場に追いやる)ことになろう、と告げた。そして一八五九年四月二九日オーストリアは、武装解除の提案を拒絶する立場に追い込まれ、宣戦布告した。ピエモンテの同盟国としてナポレオンの「戦争の目的はイタリアにイタリア自身を与え、フランスには国境線に友好的な人々を与える」と述べる宣言布告が続いた。

## 18

「王」の心のために叫べ　――ヴィクトル・エマヌエル二世は一八四九年ピエモンテの王に即位した時二九歳であった。その心情の健全ぶりはすぐに試されることになった。それはノヴァラ敗戦(『グイディ館の窓　第二部』註50参照)後、勝ち誇るオーストリアとの休戦を求めての、ラデッキー元帥相手の交渉であった。彼がオーストリアから確約を求められたのは、彼の父カルロ・アルベルトのしたようにはしない、人民の憲法上の自由を奨励しない、ということであった。彼の父が公布した憲法に彼は拘束されないのであるから、その要求に同意することはごく容易なことであったろう。だが彼は答えた、「元帥閣下、そのような条件を承諾するくらいなら、百もの玉座を失う方がましです。我が父上が誓言したことを私は維持するつもりです。もし閣下が死ぬまで戦争をお望みなら、そうなさるがよい！　私は武装せよと我が国民をもう一度招集します。そうすればピエモンテが全体蜂起において何をなしうるかをお分かりになるでしょう。たとえ私が倒れようともそれは恥にはなりません。我が家系は追放の道は存じておりますが、不名誉のそれは知りません。」

19　マクマホン　——（一八〇八～一八九三）フランスの将軍。クリミア戦争で頭角を現し、フランス軍を率いて一八五九年六月のマジェンタの戦いでオーストリアに勝利した。マジェンタの戦いの三日後、勝利したフランス軍を歓喜して出迎えるミラノ市街の群衆の中で、マクマホンは自分の周囲に群がる人ごみに押しつぶされる危険をものともせず、鞍の前弓まで子供を抱き上げたのであった。群衆はその後、オーストリア人によって撤退させられた。

20　彼は青春時代に戦ったのだ　——一八三一年ルイ・ボナパルトは兄と共に、ロマーニャ州でのイタリア蜂起に参加し、そのため、ルイはイタリアから逃亡しなければならなかった。

21　クオルム　マグナ　パルス　——ウエルギリウスはギリシア軍に包囲されたトロイの最後の夜の話を語る際にアイネイアースにこの言葉を使わせている。「私が大きな役割を果した」という意味で、重要な関わりをもったことを自慢できる出来事に使う言い回し、として利用された。

22　取引をしているのを見出す　——ナポレオンが隣人の解放を援助するために戦ったのと対照的に、イギリスが取引のために戦争をすることについての感想。

23　彼女　——イタリアをさす。

24

世界を敵にまわしたのだ――この点は歴史的事実が詩人の見解の正しさを証明している。ナポレオンがヨーロッパの中で最も弱い国、ピエモンテと同盟を結んだことは、ヨーロッパの全宮廷だけでなく、フランスの保守勢力に対する人気をも犠牲にしたものであった。後に、ヴィッラフランカとマジェンタで彼自身が後退したことや、また、若い頃、大統領職にあった時に、教皇を復権させてフランスのカトリック界を喜ばせるに当たって彼が果した役割は、それが一貫して持続するのは難しく、勇気のいる危険な政策であったことを示している。

## ダンス

一

覚えていますか、フィレンツェの我らのカッシーネ[1)]を？
　人々が祝祭日には散歩したり、ドライヴしたりする所、
蜂の巣のようなブンブン響くさざめきを覆う、
　緑いっぱいの長く伸びた木立を通して
　川や山々が生き生きと見える所を？

二

覚えていますか、そこの広場を？
　フィレンツェ美人で溢れるばかりの馬車の停車場、彼女たちが
バンドの演奏に身を乗り出し音楽に心をとろけさせたり、
微笑み、歩いている誰かと、あるいは男の義務を遵守して
騎乗している誰かとお喋りしたりする所を？

三

実にきれいだ、夏の午後、かくもたくさんの
　優美な顔が集められるのは！
不穏な騒ぎと呼ぼうが、音楽会と呼ぼうが、彼らはここへやって来た、
　扇子や羽飾りが浮動するなかで
　好天という美と一つになるために。

四

一方で花売り娘たちはどの馬車の乗降口にも
　花束を差し出す（彼女たちもまた他の恋人たちと行くのだから）
ここでは、白い指一本を振って、隣りの買手へ行けと手振りで知らせる。
　隣りの買手は何十本も買っては
　永遠にバラを積み上げる。

五

昨年時、その牧場地にフランス軍が駐屯していた時は、
　解放軍とこの人々の接触を通じて、
諸事活気づき、陽気さもいや増した。
　フランス男のグループは至る所をぶらつき、
見つめ、気軽に品定めしていた――「誰それが美人だった」と。

六

その時居合わせたもっとも高貴なご婦人[2]が、
　自分の馬車から余の者たちにみずから気高く話しかけた、
「どうぞ、フランスからお越しの将校殿、直ちに私どもと踊って
　面目をほどこしてくださいまし」と。その願いは
　言葉どおりに厳粛に理解された。

七

そしてフランス兵たちは、帽子をぬぎ、深くお辞儀をし、
　各自が誇り高いイタリアのご婦人を導いた、
仰天した民衆が彼らを取り囲んでいた空間へ――ゆっくりと。

その顔には少しばかり静止した感情を見せつつも、
その象徴を通じて好意につけ込みはしなかった。

八　人々は静まり返った。あるものの唇は震えた、
だが誰もふざける者はいなかった。目くばせ一つで音楽がはじけた。
このように集まっていた我らが諸侯の娘たちは
フランスの慇懃なる息子たちと舞踏のステップを踏んだ。
シーッ、静かに！　それはダンスではなく聖餐式だったかもしれない。

九　彼らは我らの上たかく広がる青空が熱情で
卒倒するまでそこで踊った、足取りは落ち着いてみえたが。
そして山々は我らの傍で広大な胸を隆起させながら、
陰で歓喜の吐息を吐き、膨張して、
ダンテが坐った神聖なる石[3]に触れた。

十　するとフランスの息子たちは、脱帽し、深いお辞儀をして、
婦人たちを南国の血縁の男たちの立っているところへ連れ戻し、
受け取らせた。ついに、溢れ流れる感情を爆発させて——
夫、兄弟、フィレンツェの青年たちは
振り向き、外国の軍人たちと口付けを交わしあった。

十一
そして叫び声が上がった、そのすべての人々からの叫び声が！
　——人々が万歳三唱するのを聞いたのだ、と思うだろう、
国会議員や市長のために……高塔からの合唱とともに？
　これは違った。それほど大声ではなかった、多分（誰も知らない）
というのもその終了前に我々は周囲に涙に濡れた目を見たからだ。

十二
そして我々は感じたのだ、無情な虐待者によって
　あまりにも長い間圧迫されていた国民が——このような態度で、
「神」がその朝からどこかで、人間はともかくも兄弟だったのだ、と
　陳腐な常套句ではなく、話されていたと理解して——
大いなる驚嘆と率直な感謝の念で喜んで叫んだかのように。

註

1　カッシーネ——フィレンツェの公園・遊園地。市の西側、アルノ河に沿って、二マイルにわたって、遊歩道や森がある。その名はかつてここにあった酪農場に由来する。

2　高貴なご婦人——貴婦人はライアティコ侯爵夫人（一八一三〜一八八六）。この出来事はブラウニング夫妻が目撃したものであった。女性が男性にダンスを申し込むのはジェンダー逆位。しかしここでは、階級意識に基づいて侯爵夫人は将校たちに儀礼を遂行せよ、と命じているのである。

3　ダンテが坐った、、石——『グイディ館の窓』第一部601行以下参照。

## ヴィッラフランカのお話　トスカーナで語られたもの

一

私の可愛い息子よ[1]、フィレンツェ生まれの我が子よ、
　私の膝の傍にお座り、
そうすれば、話してあげます、なぜ
　我らのイタリアを輝かせた歓喜の印が
ほんの昨夜以来消えうせたか、
なぜ喜びのお前のフィレンツェが
　ご覧のように嘆き悲しんでいるかを。

二

ある偉大な（ある日戴冠された）人[2]が
　偉大な「行為」[3]を心に描いた。
彼は雲と粘土でそれを形作り、
　その種が花をつけるまで
見事に手を加えた。心と頭から
彼はそれに広大な人情味ある思想をつぎ込み、
　人々の困窮を助けた。

三

彼はそれを白日の下に持ち出した――

　人々は彼の面前でそれを祝福した、
「おお、偉大な純粋な「行為」だ、実に多くの
　悪質にして卑しいものを滅ぼした！
おお、高潔な「行為」だ、英雄的な「行為」だ、
前へ進め、完成せよ、成功せよ、
「神」の恩寵により期待の結果を出すべし」と。

四

その時君主や政治家たちが、北も南も、
　怒りと不安に内に立ち上がり、
口を揃えて叫んだ、
「なんという怪物がここにはいるのか、
今日のこの時代に偉大な「行為」だって？
偉大で公明正大な「行為」とは——しかも報酬目的ではないと？
　ばかばかしい——さもなければ偽善だ」と。

五

「そしてもし本気なら、その場合は
　それだけいっそう重大な打撃をこうむることになろう、
我々のありがたい「現状維持《ステイタスクオ》」、
　我々の神聖なる協定はどこにあるというのか——
ある民族を買うなり、売るなり、
保護して強奪するなり、占領するなり、

絶望を教化する我々の権利はどこにあるのか」

六

ある者はつぶやいた、偉大な「行為」は
罪を犯す偉大なる口実だと、
またある者は言った、その口実は、そのように貸与されたとは、
（まず第一に）不埒千万だ。
「偉大な」や「公正な」とは爆発性の言葉ではないか。
そのような発火性の言葉を認めれば、
時と法という地殻が陥没する。

七

我らのこの世界に偉大な「行為」だと？
そのような偽りの主張が聞かれたことはない。
それは明らかに偉大なる「列強国」にとって脅威となる、
あらゆる意味で致命的だ。
この世で公正な「行為」だと？——出動させよ、
銃撃隊を！　ぬかるな、
国家防衛を[4]。

八

そして多くの者はつぶやいた、「これが原因で
どんなに赤い血が注がれねばならないことか！」
ある者は答えた、「それはいっそう悪い。

なんという形式無視ぶりか！」と。
全員がここでは悪行と呼ばれているがゆえに
その「行為者」を呪い、「悪魔」を大きくのさばらせた――
　あそこで、「神」を猿真似している！

九
ある者は言った、それは釈明不可能だと、
　ある者は、弁解不可能だ、
また他のものたちは、「抑えず放置しておけ、
　ゲヘナ[5]自体が自からぐらついている」と。
全員が叫んだ、「粉砕しろ、手足をもげ、猿轡をはめろ！
犬歯の嘘をけしかけてぼろぼろに裂き、
　先をちょん切らせ、あしざまにけなさせよ！」と。

十
しかし「彼」は悲しげに太陽の前に立った
　（諸国の人々は自分たちの運命を感じ取った）
「世界は多勢――私は一人。
　私の偉大な「行為」は偉大に過ぎた。
神の正義の果実が熟するには時間がかかる。
人間の魂は狭量だ。それらを成長させよう。
　我が兄弟諸君、我々は待たねばならない」

十一

お話は終わった、我が子は
　私の膝で、いっそうまじめな顔をして振り向いた。
フィレンツェ生まれの我が子よ、お前の目は
　イギリス人の目だと人は言う。そうかもしれない。
それでも私は同じように青い目の二人が
海辺のヴェニスの広場を横切る
　ハトを追うのを見守ったのだ。

十二

ああ、坊や、坊や！　私はこれ以上
　一言もいえない。お前は今ではその理由が
分かるね、なぜ正に今日、我らのフィレンツェが
　嘆くのを見るのかを。
ああ、坊や、空を見上げて覗き込んでごらん！
この低い世界に、偉大な「行為」が死に絶えるところに、
　たとえ生きていてもどうだというのか。

**註**

この詩編は第二回イタリア解放戦争を終結するためにヴィッラフランカ（北イタリア、ヴェローナの町）で結ばれた和平協定に対する詩人の見解を表明したものである。この協定は一八五九年六月四日のマジェンタでの勝利、及び、六月二四日ソルフェリーノとサン・マルティーノでの勝利の後で、ナポレオン三世とオーストリア皇帝のフランシス・ヨーゼフとの間で結ばれたものであった。その条件によって、ロンバルディアはピエモンテに併合されたが、ヴェニスはオーストリアの支配下に留められた。和平は、自由を手中にする日

も近いと予期していたヴェニス人だけでなく、トスカーナ、モデナ、ロマーニャの人々の高まる期待を断ち切る結論であった。カヴールはこれを裏切りと呼び、嫌悪感情は極度に高まりイタリア中に蔓延した。ソルフェリーノの虐殺がナポレオン三世に強い影響を与えた結果、彼は戦争続行を断念したと言われている。また、ナポレオン三世は自らの軍事科学不足を感じると共に戦果の更なる達成にも疑問を抱き、幸運の最中に止めておくのが賢明だと判断したとも言われている。良果が自ずからその効果を導き出し、オーストリアが手を引くことで、トスカーナや他の諸州とピエモンテとの融合を彼は強化させようとしたのであり、実際、最後にはそのようになった。しかし、オーストリア皇帝との契約で、トスカーナやモデナの大公たちは外国軍の介入なしでそれぞれの州に帰還するという最初の提案を放棄したように、イタリアに対する彼の先見の明や配慮は疑わしい。またイタリア連邦の誕生を教皇の名目上の統括の下で助力するという二人の皇帝（オーストリア皇帝とナポレオン三世）の合意は、ナポレオン三世自身の困難な足元を暴露している。彼がフランスの聖職界に依存しているという意識と、その聖職界が彼を転覆させるのではないかという不安である。イタリア解放の行為が行きすぎるならば、元に戻すと脅すヨーロッパの全保守勢力の一致した反対があったことが、ヴィッラフランカの休戦協定を動かした内側の理由だ、というのが詩人の見解である。この見解は充分にこの間の事情を説明するものと受け取っていいだろう。ブラウニング夫人はその『書簡集』に、マーチネンゴ伯爵夫人の『カヴール伝』によって確証された事実を引用している。それによると、プロシアは指示があればプロシア兵六軍団を即進軍するべく整列させ干渉すると脅していた、というのは真実であったことが今では知られている。その指示者はビスマルクではなく、プリンス・リージェント（摂政の宮一一八一〜一二二〇、ジョージ三世の長子、後のジョージ四世）であった。ナポレオン三世は和平協定を結ぶことで、全ヨーロッパ戦争に紛糾するのを避けたのである。

**1**

私の可愛い息子よ　――　一八四九年三月九日にフィレンツェで生まれたロバート・バレット・ブラウニング。（「グイディ館の窓」第二部２９４行参照）

**2** ある偉大な、、、人が　――ナポレオン三世

**3** 偉大な「行為」　――イタリア解放

**4** 国家防衛を　――詩人は書簡の中でラッセル氏（Mr. Russell）の意見を引用してこれを支持している。氏はナポレオン三世に対しては不信感でいっぱいであったが、精密に観察することによって、イタリアに対する彼の善意は真実のものであったと納得したのである。「イタリアに対する働きにおいて、彼（ナポレオン三世）はフランス人というよりもイタリア人である。そうでないように見えたものはすべて、ヨーロッパの王族や王妃たち、彼の同輩たちと仲良くしていくために余儀なくさせられたものである。」

**5** ゲヘナ　――エルサレムの近くの幼児犠牲が行われていた「ヒンノムの谷」旧約聖書「列王記　第二」二三章一〇節参照。転じて、地獄の意。

## 宮廷女官

一　彼女の髪は金色がかった黄褐色、紫がかった目は暗く、
頬のうすいオパール色は赤く落ちつかない火花で燃えていた。

二　ミラノには名前と血統において彼女以上に高貴な女性はいなかった。
その顔をみるにつけ彼女以上に美しいイタリア女性はいなかった。

三　この世にいなかった、女として妻として、彼女以上の女性は、
判断と本能においてより大きく、挙動と生活により誇り高い女性は。

四　朝早く彼女は立ち上がり、侍女に言った「持ってきなさい[1]、
王の宮廷で着用するべく作らせた例の絹のローブを。

五　「持ってきなさい、瑕のない、透明な、ダイヤの留め金を、
大きい方は私の腰に、小さい方は項に留めなさい。

六　「髪を留めるダイヤモンド、袖を留めるダイヤモンド、
庇からおちる雪の粉のように、ダイヤの光線から落ちるレースを」

七　華麗に彼女は自分を炎で包み上げる太陽の光の中へ入った、
　　そしてまっすぐに幌なしの馬車に座して、病院へやって来た。

八　彼女はドアから中へ入り、端から端を見つめて言った、
　　「多くは粗末な藁布団床、でもそれぞれがお友達の居場所です」

九　彼女は上の収容室を通り抜け、ある若者のベッドのところに立った。
　　彼の額の帯は血まみれ、うなだれた頭は土気色。

十　「我が同胞よ、汝はロンバルド人ですか。幸いな方[2]」と彼女は叫び、
　　イタリアのように微笑みかけた。彼は彼女の顔に夢を見て、死んだ。

十一　昇天する彼の魂に蒼ざめつつも、彼女はなおも次のものへと歩んだ。
　　彼は厳粛で厳しい男だった。彼の歳月は土牢の傍で重ねられたのだ。

十二　彼の肉体の傷はひりひり痛かった、彼の人生の傷はさらに痛かった。
　　「汝はロマーニャ人ですか」彼女の目は稲妻を先駆させた。

十三　「オーストリア人と僧侶が組んで汝を縛る紐を二倍に
　　強化しました[3]。おお、強き人よ、――剣の打撃で自由となれ。

十四 「今や我らのために謹厳なれ、曇らされた人生を使って、
過去の暗黒の中で現在という（余りに新しい）我らのワインを熟成させよ」

十五 下って少女のような顔が横たわる藁床へ彼女は進んだ、
若い、瀕死の哀れを誘う顔――巻き毛の頭には深い黒い穴。

十六 「同胞よ、汝はトスカーナのお方か[4]。苦痛の中で夢見ているのか、
汝の母が広場に立ち、戦死者リストを捜しているのを」

十七 母その人のように優しく彼女は両の手で彼の頬に触れた。
「汝を生みし母に祝福あれ、彼女は立ちつつ泣き濡れるであろうが」

十八 彼女はさらにフランス人へと進む、彼の腕は砲丸で吹っ飛んでいた、
跪き――「おお、同胞以上の方！ 万事に対し何とお礼を申しましょう？[5]

十九 「我らの周りの英雄たちはそれぞれの土地と戦線のために戦った、
だが汝は、自分に関わりなき不正を憎んで、外国人のために戦った。

二〇 「強力にして土地奪われることなきすべての自由な民族は幸福なり。
だが諸国民の中で他民族の為にあえて強力となる者に祝福あれ！」

二一　なおも彼女は進んで行き、ある寝台へとやって来た。そこには
ヴェニス出身の者が希望を忘れ蒼白の顔をして、やつれ果てていた[6]。

二二　長い間彼女は立ち、見つめた、その名を二度呼びかけた、
しかし何とかよろめき出たのは、二粒の大きな透明な涙だけだった。

二三　ヴェニスには涙だけか――彼女は悲哀と落胆に嵌った如く身を翻し、
彼の前額へ身を屈め口付けした、十字架に口付けしているように。

二四　例の心労で眩暈を起こしつつ、彼女はそれからも次から次へ進んだ、
瀕死ながらも断固として強き者の所へ。「我が同胞よ、苦しいですか」

二五　自分の手に彼の手を握り――「ピエモンテの獅子[7]から
自由の甘味が来ます！　生きるにも死ぬにももっとも甘いものが」

二六　彼の冷たい荒れた手を握り――「見事に、ああ、見事に汝は為したのです、
いとも気高いピエモンテにおいて。気高くも孤立無援は望まないでしょう」

二七　彼女が話す間に彼は仰向けに倒れた。彼女はすっくと立ち上がった――
「あれはピエモンテ人だった！　そしてここが「王の宮廷」です」

## 註

これは『会議前の詩集』出版前にアメリカの新聞『インデペンデント』紙に発表された作品。主人公は宮廷女官で病棟を「王宮」と宣言しているのは意義深い。

1 持ってきなさい ――当時、ミラノの貴婦人たちは盛装して幌なしの馬車で病院へでかけるのが、一般的であったという。

2 幸いな方 ――北イタリアは裕福で独立した生活ができたので、ロンバルド人として幸せだ、と歌っている。主人公の女性がロンバルドの首都ミラノの貴婦人であることがわかる。

3 ローマニャ州は教皇とオーストリア皇帝の二重の圧政をうけていた。

4 トスカーナのお方か ――トスカーナでは圧制もそれほど厳しいものではなく、大公も個人として愛されていた。

5 お礼を申しましょう? ――利害関係を無視してイタリアを援助するために来た外国人は当然ながら感謝を呼び起こした。

6 ヴェニス、、、やつれはてていた ――ヴェニス州は長い闘争をやりぬいたにもかかわらず、ヴィッラフランカの協約によってオーストリアに戻されたことから絶望がとりついた。

7 ピエモンテの獅子から ――ピエモンテは諸州の中でも最強で自由化を始める可能性も一番高かった。なぜならカルロ・アルベルトの下でオーストリアに反対しただけでなくヴィクトル・エマヌエルの治世下にあったからである。獅子への言及はサムソンが蜂蜜を見つけた故事に由来する。旧約聖書「士師記」一四章八節参照。

## 八月の厳かな声　「厳かな声」——モニトーレ　トスカーノ

一

大公[1]を取り戻しますか。
　私はそれについて条約を結んだ。
思いきって声なき譴責《けんせき》を述べよ。
　ダルオンガーロ[2]は彼にソネットを書く。
リカゾーリ[3]は穏やかに
　憲法の必要性を説明する。
大公はその必要性を繰り返し誓う、
　「簡単な解決策」を規定して。
あなた方は大公を呼び戻すだろう。

二

大公を取り戻しますか。
　私は皇帝フランツと約束した[4]、
彼の情報に基づいてその事例について議論し、
　彼の申し出に応じてほしいとあなた方に頼むと。
大公の大義は、我々は承知しているが、
　(不法行為者があなた方か彼か、いずれであろうとも)
非常に強力な意味を持つ。——もっとも

　その点では、あなた方の銃剣の方が強力だが。
あなた方は大公を呼び戻すだろう。

三

大公を取り戻しますか。
　彼はまったく純粋ではない。
たとえば、彼が立てた誓い、
（四八年の荒天時に[5]）
彼は「私のマストにあなた方の旗を釘付けせよ[6]」と言った、
　それからあなた方が最後に乗って逃げようとした
船に音も立てずに穴を開けて沈めた、
　しかもどちらも「自発的に《プロプリオ・モチュ》」。
あなた方は大公を呼び戻すだろう。

四

大公を取り戻しますか。
　その計略はこの洗練された手紙の中では
何も驚くことはない、ほら、その手紙は
ラデッキー将軍[7]のポケットに見つけたもの。
その中で大公はトスカーナの花模様の
　威勢のよい文体で書いていた、
「この連中は隊列の中でも一番の血の気の多い奴ら。
　即刻銃殺に処してもらいたい」引用せよ、

そして大公を呼び戻せ。

五

大公を取り戻しますか。
　反対する理由がありますか。
彼は騙した、裏切った、見捨てた、
　それからあなた方を保護するために敵を呼び入れた。
彼は葡萄酒と肉に課税した、
　あなた方の街路でオーストリアの軍鼓を
八年間にわたり楽しみながら――
　もちろん覚えていますね、
あなた方が大公を呼び戻した最後の時のことを?

六

大公を取り戻しますか。
　競り合いに彼は弱くはない、
もっともトリノの愛国者の従兄弟[8]には
　我慢できたためしはないが。
彼の血族愛は認める、
　あなた方の旗と私への憎悪によって――
だから間違いなくすべての色を変えそうだ、
　「三色旗[9]」を見たら。
あなた方は大公を呼び戻すだろう。

七

大公を取り戻しますか。
　彼がピッティ宮殿から逃亡したのは弱かった。
だが考えよ、ほとんど震えることはなかった、
　あなた方の町を砲撃する考えには！
だから、あれとこれを比較考量すれば、
　キリスト教の規則は我々には明白だ。
……あるいは教皇のスイス人傭兵[10]が
　我々のためにペルージア人を撃ったのは無駄だった。
あなた方は大公を呼び戻すだろう。

八

大公を取り戻してください。
　――私も説得を受けたのです。
全ヨーロッパが、ワタリガラスもミヤマガラスもこぞって
　あなたの国のために武装した私にむかって金切り声をあげた。
あなた方の大義は私の心の中で拍車を打ち付けた。
　私はあなた方のためにそのような警告など一蹴した。
正に私の子供の目と「彼女の目」が
　あなた方のために死んだ我が兄の目のようになった[11]。
大公を呼び戻しますか。

九

大公を取り戻しますか。

我がフランス人は気高く戦ったのはもっともだ、
ロンバルディアの数々の隅々を
　季節外れのワインを流したごとく赤く染めた。
そこでなされたことに我々は不満はほとんどない。
　あなた方の血の身代金を惜しげなく支払った。
そこに太陽にさらされて硬直する我らの英雄を
　できれば思い出したくはない。
大公を呼び戻しますか。

十

大公を取り戻しますか。
　大公の息子はあの日、敵の罠を逃れるや
しっかり馬に乗った。
　あの時私は肩章を撃ち落とされたのだ。
あのひどい雨によって、泥水を撥ねかけられたが
（私は彼を遠くに――いや、近くに見たとき）
その印は、アルノ河で彼を洗った時、
　カイン[12]の印と変わりない大きさだろう。
大公を呼び戻しますか。

十一

大公を取り戻しますか。
　それはごく簡単、まったくすてきなことでしょう。

羊飼いが牧杖を取り戻すのです。
……もしあなた方が万が一にも羊で、従順だというなら。
私はミラノの壁にチョークで
書き付けるにふさわしい言葉[13]を言った――だが待て、
ポニアトウスキィ[14]が話している――
あなた方は今日は**彼**の話を聞くだろう、
そして大公を呼び戻すのだ。

十二

大公を取り戻しますか。
いいですか、それを強制する人は誰もいない――
聖母マリアや聖ルカがあなた方のために振り出さないなら、
その裏書をすることを選べ。
**私**は命令する、聖マルティヌス[15]と
虐待によって蘇生した天才たちにかけて、
ティチーノ[16]で「死んだ人」を思い出せ。
尊敬に値せよ、志操堅固であれ、強靭であれ――
フン！――大公を呼び戻せ！！

# 註

表題はトスカーナの新聞『モニター』（*The Monitor*）の題辞を訳したもの。一八五九年七月のヴィッラフランカでの休戦協定で、トスカーナ大公レオポルド二世の帰還をめぐり、事態をどう処理するかを宣言している声に八月をかけた語呂合わせ。語り手はナポレオン三世。

1 大公　――ヴィッラフランカの協定条件の一つは大公レオポルド二世のトスカーナ公国への帰還であった。

2 ダルオンガーロ　――イタリア人の詩人。愛国的司祭でもあり、エリザベスの詩「宮廷女官」をイタリア語へ翻訳した。

3 リカゾーリ　――リカゾーリ男爵（一八〇九～一八八〇）。トスカーナの自由主義貴族で、トスカーナ暫定政府の国務大臣をつとめ、のち、大臣としてカヴールの後継者となった。

4 私は…約束した　――「私」すなわちナポレオン三世がオーストリア皇帝フランツ・ヨーゼフと協定した。

5 (四八年の荒天時に)　――一八四八年イタリア全土で軍事衝突があった。

6 私のマストに…釘付けせよ　――諺「沈む船に旗を釘付けするな」をふまえている。

7 ラデツキー将軍　――ヨーゼフ・ラッデキー（Joseph Radetsky、一七六六～一八五七）。オーストリアの陸軍元帥。オーストリアの統治に人生の七三年をささげた。「イタリアのナポレオン三世」註18参照。

8 トリノの、、、従兄弟　――ヴィクトル・エマヌエル。

9 「三色旗」　――イタリアの三色旗、赤、緑、白。

10 教皇のスイス傭兵　――教皇の私的護衛兵。一八五九年六月、アントネッリ枢機卿は三千人のスイス人傭兵をペルージャ奪還のために送り込んだ。

11 私の子供の目と、、、兄の目のようになった ——この記述の真偽のほどは確かめるすべはない。ナポレオン三世の兄はオーストリアの支援を受けた教皇にたいして、カルボナリ党員とともにボローニャで戦闘中に死去した。この兄に、一八五七年に生まれたナポレオン三世の息子が似ていると考えるのはごく自然のことであろう。「彼女」はイタリアへのフランスの介入に反対していた皇后ウージェニーとする説、またはルイ・ナポレオンが青年期に愛し、結婚相手として考えていた従妹のマチルダを仄めかしているとする説もある。

12 カイン ——アダムとイヴの長子。嫉みから弟アベルを殺した。兄弟殺し、人殺し。「創世記」四章参照。

13 ミラノの壁に、、、言葉 ——六月五日、ミラノに入国した際、ナポレオン三世は自分の動機に私心のないことを宣言した。「あなた方の敵は、私の敵でもあるのですが、あなた方の大義に対してヨーロッパ全体が寄せている共感をなんとかして削ごうとして、私が個人的野心、あるいはフランスの領土拡張をもくろんでいる、と信じさせようとしました。時代を理解できない人々がいるとしても、私はその一人ではありません。公衆の意見が優勢をしめる今の文明の進んだ世界では、真の偉大さは不毛の征服ではなく、我々が及ぼす道徳的影響力にこそあるのです」と述べ、「明日、あなた方は偉大な国の市民となるのです」と締めくくった。

14 ポニアトウスキィ ——(一八一四〜一八七三) ローマ生まれ。一八四七年トスカーナ市民となり、一八四八年パリでトスカーナ公使に任命された。

15 聖マルティヌス ——(三一五?〜三九九?) フランスの聖人。ガリア出身のローマ兵士であったが、一八歳で受洗。三七二年ツールの司教となり、マルムティエに修道院を建設した。そこがまもなく文化の中心地となった。

16

ティチーノ　――ティチーノ河はポー川の支流。一八四九年の蜂起の際、オーストリア軍はティチーノ河を越えてピエモンテに襲い掛かり、イタリア人はラデッキー元帥に壊滅させられた。ナポレオン三世とヴィクトル・エマヌエルとの軍事行動に際しては、オーストリアはフランス軍の進軍を防ごうとした。一八五九年のマジェンタの戦いはほとんど引き分けであり、数千人の被害者のでる悲惨なもので、午後五時のマクマホンの到着で辛くも敗北を免れたのである。しかしすぐにヴィッラフランカの休戦協定が結ばれ、ナポレオン三世は戦闘を断念した。

## クリスマスの贈り物　『王に、神に、死体となった彼に』――グレゴリウス・ナズィアンゼン

一

教皇はクリスマスには
　聖ペテロの椅子に坐る。
だが諸民族はぶつぶつ小声で言う、
「我らの魂は病み、寄る辺がない。
キリストがお生まれになった馬小屋の在り処を
　誰が教えてくれるのだろう」

二

星も暗闇の中に消えた、
　飼い葉桶も藁の中に埋もれた。
キリストはかすかな声で叫ぶ……聴け！　……
　赤ん坊を包み窒息させる当て布を通して――
だが教皇は畏れ多い椅子に座して
　広大な中庭を見下ろす。

三

東方の三博士が彼の足元に跪く、
　東西の王様たちも跪く。
だが、天使たちの代わりに（押し黙ったままだ、

彼らの歌「地には平和を」は）
諸民族は、当惑し圧迫されて、
　歌っている、「いつまで続くのか、いつまでか」

四
牝牛の代わりに、側廊や
　ドームの陰で戸惑うのは、
子供たちを引き裂き殺す熊[1]、
　麦を焼き払う狐[2]、
殺害し嘲る兄弟にローマで
　乳を飲ませた狼[3]。

五
彼の左右には枢機卿、
　周囲や下手には崇敬者たち、
銀製のラッパは彼を見るや
　音楽の一吹きで振動する。
だが人民は喰いしばった歯を通して言う、
　「ラッパだって？　我らは最後の審判を待っている！[4]」

六
彼は「主」の座に坐り、
　時節の贈り物を要求する。
黄金を、刀剣の柄のために、

嫌われたロマーニャ[5]を取り戻すために、
香を、犯罪を快いものにするために、
ミルラを、呪詛をいっそう酷くするために。

七

そのとき西方の王[6]が言った、「よろしい！
わたしは時節の贈り物[7]を持ってまいりました、
赤色を、愛国者の血のために、
緑色を、殉教者の冠のために、
白色を、「神」の朝が訪れる時の
露と白霜のために」

八

——おお神秘的な輝く三色よ！
教皇の心臓は人間のそれのように怖気づいた。
枢機卿はそれを見て凍りつき、
白い剃髪した頭を垂れた。
孔雀の羽扇子の目が
外国の栄光に目配せをした。

九

だが諸民族は希望をこめて大声をあげた、
「さあ、祝福あれ、
我らの魂が病み打ちひしがれている時に、

これらの時節の贈り物を教皇へ持って来た者に。
――ここにこそ我らの捜し求めた星がある。
キリストの生誕地を我らに示すのだ！」

## 註

題詞はギリシア語で書かれている。これはハンティントン・ライブラリィ所蔵のE.B.B.の手書きノートに記されているギリシア語の翻訳の一部。当時E.B.B.は十七歳であった。グレゴリウス・ナズィアンゼン（四世紀のコンスタンチノープルの大司教であり、神学者）のクリスマスの祈りから。ピッカリング版、第五巻、四六七ページ参照。

1 熊 ――預言者エリシャは街中の子供たちに嘲られた時、「彼らを呪った…すると、森の中から二頭の雌熊が出て来て、彼らのうち、四二人の子どもをかき裂いた」旧約聖書「列王記第二」二章二三〜二四節参照。

2 狐 ――サムソンは三百匹の狐を捕らえ、その尻尾にも燃え木を結びつけた、そして「ペリシテ人の麦畑の中に放した」旧約聖書「士師記」十五章四〜五節参照。

3 狼 ――ローマを建設した兄弟、ロムルスとレムス。町の設計を巡って喧嘩し、ロムルスはレムスを殺した。

4 最後の審判を待っている ――「ヨハネの黙示録」八章〜九章参照。七つ目のラッパが最後の審判を告知する。

5 ロマーニャ ――イタリア北部。スイス人傭兵に略奪された教皇領であった。

**6**　西方の王　――フランス皇帝ナポレオン三世。

**7**　時節の贈り物　――以下、赤、緑、白はイタリアの三色旗。

## イタリアと世界

一

フィレンツェ、ボローニャ、パルマ、モデナ[1]。
　あなたが一年前これらの名を列挙した時、
実に多くの墓が「神」によって留保されていた、
　あなたはご存知のようだが、最後の審判の日に
開いて復活させ送り出すべく。

二

そしてその間に（あなたがイギリス人なら
　あなたなりに塾考したのだ）
喪服を選ぶこと以外、何もなされなかった、
　新たな天と地が準備されるまでは
死んで消えたこれらの殉教者たちを偏愛して。

三

そしてあなたの政治が向こう見ずで
　暴力的でないなら、……「よろしい！」あなたは付け加える、
「万事よし！　確実で堅実なものに哀悼せよ。
　教会墓地のアザミは健康によい食べ物だ、
我がヨーロッパのさまよえるロバには。

四

「復活の日付は人間の予知能力を
　超えている。いまだ生まれていない人間は
（下層階級のものでも）それによって得るものもあろう、
　だがロバの類はそれは望めぬ。まだ夜明けではない、
フランスの雄鶏が時を告げているのだから。

五

「雄鶏は真夜中に時の声をあげる、星明かりと
　夜明けの明かりの区別もつきかねて！　あれは
狂った憐れな奴だ」ここであなたは一休みし、
　嘲笑を募らせる――突然、付け加えよう、
ラッパが鳴り響き、墓が開かれた。

六

生命が生命が生命が！　死の薄暗がりの中で
　手探りし、刀剣をもとめて伸ばされた
温かい手が、もっと多くの命がいまなお希望が持てると証明した、
　内側にも向こう側にも背後にも。歓声をあげて立ち上がれ、
殺害され埋葬されていたイタリアの国民よ！

七

丘から丘へ、小塔から小塔へ、
　三色旗をひらめかせて――新たに創られた
麗しのイタリアよ、落ち着いて、急ぐことなく、

雄雄しく元気を回復して立ち上がれ、
最後の復活に立ち上がれ。

八

立ち上がれ。地上の自治都市間の、島国根性の分裂の
　完全な解決を予示せよ——
政治家たちは自己愛の結論を
　生国への安っぽい愛国心で覆い、
イエスのためにユデアを放棄することができない。

九

我らには気高い実例を持ち来たれ。我らを
　広大な未来の中へ解放せよ。
国ごとの利己心、都市ごとの自負、
　犯罪なみの貧弱な徳の襤褸布たる我々を
継ぎ合わせてキリストの広い衣服に仕立てよう。

十

そうすれば、もはやユダヤ人もギリシア人もない——
　嘲ることも嘲られることもない——イギリスもフランスもない！
一つの同盟を結んだ兄弟同胞が
　全人類の唯一の旗を立てるのみ、
そして前進を記すのだ、前へ上へ。

十一　完成された文明は
　　　　完全に発達したキリスト教であるからだ。
　　　「国境線を測定せよ」とキリスト教が言わせるだろうか、
　　　　愛国の自慢に「船舶数を数えよ」と?
　　　　　——直ちにその国の心拍数を数えるべし。

十二　大砲やスクーナー船の背後に隠れてはいるが、
　　　　あの国は今尚有力なのだから、
　　　その脈拍は、不当な仕打ちや困窮があれば、
　　　　他を非難し、あるいは援助せんとの熱意に激しく鼓動する、
　　　愛と憎しみに国境線を越えて。

十三　モデナ、パルマ、ボローニャ、フィレンツェ。
　　　　我らにそれだけいっそう広い道を広げよ!
　　　古い聖ローレンスの例の礼拝堂の小人、
　　　　あなた方のミケランジェロの偉大な昼の像[2]が、
　　　今日という日の壮麗さで我らの上を越えて!

十四　汝ら、古代のコーラスのように抑制されて、
　　　　首唱歌手[3]が話す間は無言のものよ、
　　　我らの前では汝らのばらばらの声をつぐめ、

汝らのばらばらの生を滅ぼせ、
唯一のイタリアが永遠に生きるために！

十五

上着や外套を与える者たちも——決して
　与え渋ってはならぬ、権勢最高時の汝らの例の紫衣を——
汝らの英雄的な意思と努力で
　各自が崇高に地位を奪われるべし、
各自が引き渡すものを全員が受け継ぐために！

十六

大地に汝らを祝福させよう、おお、自己中心の国民を
　修正する高貴なものたちよ！　汝らに
この世の鋤を指揮させ、種を求める事物のすき跡に
　新たな光輝を蒔かせよう——
汝らの与えたものゆえにそれだけいっそう豊かになるのだ。

十七

我らを導き、我らに教えよ、天と地が
　我らの周囲でより広大に、より高くなるまで。
我らの聖餐のパンは苦い酵母を蔵している。
　我々は愛という名で落とし穴に餌をつける、
そしてついには憎しみ自身がより優しい意味をもつことになる。

十八

おお、この世とは。これは騙し、またその騙しを
　隠す！　この良心とは蝋燭の灯心なみ！
狼煙の炎ではない！　内密の外交駆け引きに対する
　この自惚れぶり、国のために断行されたとはいえ、
対抗相手には蔑まれる！

十九

おお、この地に上る者に対するこの羨望、
　おお、彼らを躓かせるこの悪意！
凍りついた肉体や渇く唇に
　向こうの炎を消し、こちらの泉を干上がらせるのだ、
彼らの援助を隣人に委ねるよりも。

二〇

私は詩人の情熱に駆られて大声で叫ぶ、
　アルプスや海の向こうの我がイギリスを眺めつつ。
私は昔流儀の母国のほうがもっと好きだった。
　彼女の運び込むライフル部隊は私には多すぎる、
兄弟の大義のためなら控えるものを。

二一

疑り、臆病風？　この騒動を止めよ。
　刀剣は、平時に鞘から抜いておくと、錆びる。
他人を思いやる時は誰も自分の身を気遣いはしない。

勇者は戦うか信頼するかのどちらかだ、
自分の私室で武具を身に帯びはしない。

二二
麗しのイタリアよ！　黄金色の琥珀は
愛人や裏切り者の接吻で熱い！
過去の思い出で我らを引き寄せた汝は
今は未来への希望で我らを引き寄せる。より偉大になろう、
あの昔の話より、この新たな未来によって。

二三
ついには、より真なる栄光がすべての栄光に取って代わるまで、
松明が夜明け時には見えなくなるように。
そして邦々は、立ち上がり、なさけない
愚かな罪を捨てさせよう、
教師が入ってくれば子供たちが玩具を捨てるように。

二四
ついには、「愛」という一つの中心が多くの
自己愛の中心を飲み込むまで。そして愛国者の
独りよがりの冒険で祖国を改善せんとする企みは
美徳から名誉を剥奪されて、人々に吐き気を催させよう、
誰か赤い血まみれの英雄のベルトにつけられた頭皮のように。

二五　というのも、ある種の美徳も落ちて無に帰してしまったのだ、
　太陽によって山の露多い側に置かれて。
ネロ皇帝のように優渥なる、聖職者の慈善行為[4]、
　インド人妻の殉死[5]、異教徒の自殺、
神授の権利に対する奉仕は、空しいものとなったのだから。

二六　そして七王国の愛国主義[6]は続かねばならない。
　――国々の声は、別個でありながら依存しあい、
相互を囲みあい、ツバメ同士がするように、
　輪をつねに拡げつつ、かつ、上昇しつつ、
多様な生において連合した前進へと――

二七　これらは存続させよう。そして邦々の裁判所で、
　ばらばらの言語が聞かれた時には、
各邦が、崇高な無分別において、
　想念で助け、あるいは言葉で高めんと熱望させよう、
自邦の名誉よりも好敵手の名誉を。

二八　それぞれのキリスト教国には広漠たる
　キリスト教徒の法をわが身に引き受けさせよう。
受得者の冠は寄贈者に移らしめ、

最後を最初となし、他方、最初を最後となし、
最もよく愛することは常に、凌駕されることなき統治であるべし。

## 註

1 フィレンツェ、、、モデナ　――いずれも中央イタリアの諸州。北部諸州の自由願望と南部諸州の現状維持との間で争いあっていた地域。

2 ミケランジェロの偉大な昼の像　――『グイディ館の窓』第一部、七三〜九六参照。

3 首唱歌手　――ギリシア悲劇の中でコーラスの指導者、代表話し手のこと。

4 ネロ皇帝の…慈善行為　――ローマ皇帝ネロはその非道な残酷さで悪名が高い。ここでの比較はシニカル。

5 インド人妻の殉死　――ヒンズー教では妻の夫に対する献身愛の証明として、未亡人となった妻に夫の火葬の薪の上で焼身自殺することを要求した。

6 七王国の愛国主義　――アルフレッド大王治下のアングロ＝サクソン族の七連合王国時代への言及。イングランドが初めて一つの国として明示された、と考えられている。

# ある国への呪い

## プロローグ

私は昨夜天使が言うのを聞いた、
　彼は言った、「書け！
私に代わってある国への呪いを書け、
そしてそれを大西洋を越えて送れ」

私はその言葉を受けて、口ごもった、
「それはご勘弁を、天使様！
もし呪いが不可欠というのなら、他の人を選んで
我が兄弟に対する貴殿の呪いを送りたまえ。

「私は感謝と、
　愛と血によって、
海の向こうの我が兄弟たちと結ばれているのですから。
彼らは優しく両手を私に差し伸べています」

「それゆえにこそ」とその声は言った、「汝に
　今夜、我が呪いを書かせるのだ。
愛の極致から呪いは発せられるのだ、
雷光が天頂から駆り出されるように」

「それはご勘弁を」と私は答えた。「常に
　私の心は痛んでいるのです、
私自身の祖国の罪ゆえに。街路に沿って
血を流している子供たちの足ゆえに。

「正道に反駁して
　居座りを決め込んでいるお偉方ゆえに。
二人の友人が口付けを交わすに足るほどにも開かない
ドア越しに与えられる施しゆえに。

「自由への愛も
　海峡を越えると減じるゆえに。
愛国の美徳も、自己礼賛、自己利害、疑心暗鬼に基づいて、
やせて悪徳に変わるゆえに。

「少数独裁の議会、

　善意の賄賂ゆえに。
自国の罪ゆえに重い魂を抱えているときに、
どんな呪いを他国に科すというのですか」

「それゆえにこそ」とその声は言った、「汝に
　今夜、我が呪いを書かせるのだ。
なぜなら汝は汝の門の**内側**で為された悪事を
見て憎む強さを持っているからだ」

「それはご勘弁を」と私はもう一度答えた。
「呪うためなら、殿方をお選びください。
なぜなら、女である私は、どんな風に心が溶け
涙が流れ落ちるかを知っているだけですから」

「それゆえにこそ」とその声は言った、「汝に
　今夜、我が呪いを書かせるのだ。
女の中には、そう、夜も昼も（誰も驚きはしないが）
泣いて呪う者がいる。

「そして汝に今夜、彼女らに加わらせ、
　泣いて書かせよう。

女の心の底深くから発する呪いは
正に塩にほかならず、苦く、そして良きものなのだ」
それでこのように私は書いた、そして真実嘆いた、
　すべての人が読むであろうことを。
そしてこのように、私に申し付けられたように、
私はそれを大西洋を越えて送る。

## 呪い

一
なぜなら汝らはある「国」の高みをよじ登る勇士の
　奮闘で
汝ら自身の鎖を破った、
だがそこから他人の魂を
剣と皮紐で制圧した――この悪に対する
　これがその呪いだ。書け。
なぜなら汝ら自身は「自由」の第一位の侍祭の
　身分で
まっすぐに立っている、

だがその間ずっと身もだえする奴隷の上を
歩いて落ち着き払っている――この犯罪に対する
　これがその呪いだ。書け。

なぜなら汝らは「神」の名において繁栄する、
　旧世界の面前で
名誉を要求して、
だが殉教者を窒息死させて
悪魔の仕事を完璧にやり遂げる――この嘘に対する
　これがその呪いだ。書け。

二

汝らは、見守るだろう、
人民のくすぶる炎の周りで王たちが共謀するのを、
　そして、汝らの方も熱くはなるが、
決して挑むことはしない――おお、恥を知れ！
その思いを口に出して
　汝らの心底に燃える炎に変えることはしない。
　これがその呪いだ。書け。

汝らは、見守るだろう、
諸国が生死をかけて警察犬どもと奮闘するのを、

彼らの両顎から気を失って落ちるか、
あるは彼らを後退させて死にいたらしめるかを。
そしてただ息をひそめて
その大義に好意をしめすだけだ。
これがその呪いだ。書け。

汝らは、見守るだろう、
強者が封建法の網をたぐり寄せて
弱者を絞め殺すのを。
そしてその罪を罪だとみなし、
汝らが語る言葉よりも
汝らの魂は心中もっと悲しむことだろう。
これがその呪いだ。書け。

キリストよ、「神」に選ばれた者の敵を討ち
この世を救いたまえと、
善人が直立して祈っているとき、
その祈りの言葉は汝らの耳には、低い声で唱えられたが、
汝らを駆り立てる敵の
どしんどしんと歩く音のごとく聞こえるだろう。
これがその呪いだ。書け。

賢人が汝らに讃美を贈るとき、
その名言の熱に浮かされて讃美するだろう、
　過度にまで実践されたかのように。
汝らが汝ら自身の憲章が誠実に守られたと自慢するとき、
汝らは顔を赤らめるだろう。汝らの為すことは
　汝らの実態を嘲り笑うのだから。
　　これがその呪いだ。書け。

愚者が汝らの戸口で嘲りを投げつけるとき、
汝らは汝らに対する嘲笑を幾分か減じるだろう、
　汝らは壁の向こうに見るのだから。
なぜなら汝らの良心と伝統と名は
最悪の嘲笑すべてよりも
　断固たる非難によって爆発するのだ。
　　これがその呪いだ。書け。

行け、邪悪な行為が為されるところへどこへでも、
行け、汝らの旗を堂々とたてよ、
　邪悪な行為者の傍に！
そして控えよ、

「神」のご照覧ある「満天下」への呪いを
　汝らのものなる呪いで固めることを。
　　これがその呪いだ。書け。

## 註

この作品はボストンの奴隷制反対を主張していた『リバーティ・ベル』誌（前出。註62～63頁参照）の一八五六年号に発表された。自由を標榜しながら奴隷制を裁可するアメリカの一貫性のなさに対する弾劾である。ところが『会議前の詩篇』の最後の作品としてリプリントされた折、イタリアの解放闘争に直接介入しないイギリスに対する批判、という文脈から、呪いはイギリスにむけられたもの、と解した評論家がいた。このため、発表当時、『アセーニアム』やその他の新聞や個人からも、非愛国的だと非難された。エリザベスは、実際は「私」はイギリスもアメリカも呪ったのではなく、ただ、アメリカに向けて書かれたものであると説明した。彼女は奴隷制維持の中にいかに「呪い」が含まれているかを示したのである。この誤解はしつこく続き、一八六〇年四月二日、ミス・ブラグデン（Miss Blagden）宛に、この件に触れて、真実は「あなたと私の間だけのこと」だが、議論をよんでいるスタンザは、実際はそのような意図はまったくなかったのに、まるで意図したかのように、確かにイギリスにあてはまります、と書き送っている。アメリカでは共和国の中心部に食い込む悪を批判する倫理的な熱情と一致し、当時未決定であった南北戦争を通じてアメリカをその悪から救い出す助けとなった。

# 解説

## エリザベス・バレット・ブラウニングの生涯と作品

エリザベス・バレット・ブラウニング（Elizabeth Barrett Browning、一八〇六～一八六一）は一八〇六年三月六日、エドワード・バレット・モールトン＝バレットと旧姓メアリー・グレアム・クラークの第一子としてダラム州、コクスホウ・ホールで生まれた。父方のバレット家は西インド諸島、ジャマイカの砂糖プランテーションで財を成した中でも有数の家系であった。母方はニューカースルの富裕な商人であった。

さてエリザベス三歳の折、父モールトン＝バレット氏はヘレフォードシアのホープ・エンドに新居を定め、彼女は幼少期、青春時代の大半をここで過ごすことになる。ホープ・エンドは「行き止まりの谷間」の意で、およそ五百エーカーほどの広大な敷地に寝室は二〇、ミナレットやドームなどが目立つ、トルコ風の邸宅であった。ここは古くからの市場町であるレッドベリィに近く、また二マイル東には緑豊かなモールヴァン丘陵が広がり、エリザベスは後年「パラダイス」と呼んでいる。この理想的な環境の中で次々に生まれた弟妹たち、彼女も合わせて十二人（うち、妹メアリーだけは三歳で死去）のバレット家の子供たちは文字通り天国さながらの恵まれた牧歌的な日々を送ったのであった。

エリザベスは内気ながら早熟で快活な少女であった。中でも互いに「バ」（Ba）「ブラ」（Bro）と呼び交わしあった弟エドワードとは、洗礼を同時に受けたのをはじめ、勉強そのほかを共にする仲良しであった。この弟に家庭教師が招かれると、十二歳になっていたエリザベスも共にギリシア語、ラテン語、フランス語、イタリア語などを学んだ。ホメロス、プラトン、ホラティウス、ラシーヌ、ダンテなど、古典の教養を学習した。

一八二一年、エリザベス十五歳の折、その後の生涯を通じて彼女を悩ませる病気の兆候が始まった。主治医は「神経性疾患」と診断し、鎮静剤としてアヘンを処方した。同じ年、彼女は月刊誌に詩人として初登場をはたし、一八二六年には父の援助で詩集を初出版した。以後、近くに住む盲目の学者で、ヘブライ語などの学習を深めてくれたボイド氏（Hugh Stuart Boyd）をはじめ、知人、友人との親交の輪を広げていく。

その後、母の死（一八二八年）、祖母の死（一八三〇年）に続き、バレット家の財政事情急変に伴い、ロンドンへ転居をよぎなくされた。財源であったジャマイカでの奴隷の反乱に端を発した裁判に父が敗訴し、ホープ・エンドの邸宅を手放さざるをえなくなったのである。三八年、最終的にロンドンのウイムポール・ストリート五十番地に定住することになった。同年、ジャマイカで叔父が死去し、エリザベスはその遺産相続人となり、バレット家の子供たちの中でただ一人、経済的に自立できる立場になった。このことは彼女のその後の生涯に大きな意味をもつことになった。

この間にもエリザベスは詩作、翻訳を定期刊行誌へ発表し、出版を重ねつつ、医者の勧めに従い、転地療養にも出かけている。一八四〇年、その転地療養に同行していた弟「ブラ」がトーキー湾で溺死するという事件が起こる。彼の滞在期間の延長を願ったのは彼女であったことから、エリザベスは自責の念に駆られ、その打撃は深く、嘆きは生涯いえることはなかった。

保養地から戻った彼女はその後五年間ほど、外出することもなく、床についたきりの、ベッドにもたれた病身の肖像画そのままの生活を送る。その中で詩作に励むとともに、友人、知人に鋭い批評を込めた手紙を書き送っていた。

四五年一月一〇日ロバート・ブラウニング（Robert Browning）から初めての手紙が届く。これが二人の文通の発端となり、三月二〇日にエリザベスを訪ねている。そして翌四六年九月一二日に二人は秘密裏に結婚式をあげた。エリザベス四十歳、ロバート三四歳であった。『ポルトガル語からのソネット集』は彼女のロバートへの愛の証である。

ロバートとの結婚は父との絶縁となった。彼女の父、モールトン＝バレット氏は十九世紀の家父長型の父親としては特に暴君というわけでもなかったようであるが、十一人の子供たちの誰に対しても結婚を許さない方針に固執した点では特異な父親であった。彼は死ぬまでエリザベスとの和解を拒み通した。

さてブラウニング夫妻は結婚一週間後にはイギリスを離れ、ピサ、ローマなどを経由した後、一八四八年にはフィレンツェのカーザ・グイディに落ち着いた。数回の流産の後、一八四九年には長男が誕生し、彼女は母親としての喜びも味わうことができた。

イタリアに定住後のエリザベスの関心は、当時、ヨーロッパ列強、特にオーストリアの圧政下に喘いでいたイタリアの統一に向けられた。一八五一年出版の『グイディ館の窓』はイタリア統一運動（リソルジメント）の成功と挫折を契機に書かれたもので、彼女のイタリアに寄せる熱い想いがほとばしっている。

同じ一八五一年七月から九月にかけて夫や子供と共にロンドンを訪れ、帰途パリに滞在し、尊敬するジョルジュ・サンドと会ったり、また、十二月にはルイ・ナポレオンのクーデターを目撃し、フィレンツェに戻ったのは、翌五二年のことであった。

一八五三年三月、以前から構想をあたためていた『オーローラ・リー』（*Aurora Leigh*）の執筆にとりかかり、三年後の一八五六年一一月一五日、ロンドンとニューヨークで同時出版された。これは全九巻約一万一千行の長編詩で、女性と人生と文学・芸術についての彼女の主張を吐露してものである。

晩年の彼女の関心はますますイタリアの政治に向かい、その動向に一喜一憂を繰り返した。そのありようは『会議前の詩篇、一八六〇年』（*Poems before Congress*、一八六〇）に詳しい。一八五七の父の死、一八六〇年の妹ヘンリエタの死に続いて、一八六一年六月六日にはサルデーニャ王国の宰相カヴールが亡くなった。イタリア統一に政治的外交手腕を発揮してきた彼の死は、エリザベスには大きな打撃となり、彼の後を追うように、同じ六月二九日に永眠した。遺体はフィレンツェのプロテスタント墓地に埋葬された。

# エリザベス・バレット・ブラウニング年譜

| | |
|---|---|
| 一八〇六年 | 三月六日　コクスホウ・ホール（ダラム）に生まれる。 |
| 一八〇九年 | バレット家、ホープ・エンド（レッドベリィ、ヘレフォードシア）へ転居。 |
| 一八二〇年 | 三月『マラトンの戦い』私費出版。 |
| 一八二一年 | 五月『ニュー・マンスリー・マガジン』に初めて詩作品を発表。 |
| 一八二六年 | 三月『精神についての小論、およびその他の詩』出版。 |
| 一八三二年 | 八月　ホープ・エンド売却。シドマス（デヴォン）へ転居。 |
| 一八三三年 | アイスキュロス作『縛られたプロメテウス』の翻訳出版。 |
| 一八三五年 | 一二月　バレット家ロンドンへ転居。 |
| 一八三八年 | 四月　ウィムポール・ストリート、五十番地に定住。<br>六月『セラフィムおよびその他の詩』出版。<br>八月　トーキーへ転地療養に出かける。 |
| 一八四〇年 | 七月　弟エドワード、通称「ブラ」トーキー湾沖にて溺死。 |
| 一八四四年 | 八月『詩集』出版。 |
| 一八四五年 | 一月一〇日　ロバート・ブラウニング、初めてエリザベスに手紙を出す。<br>三月二〇日　ロバート、初めてエリザベスに会う。 |

| | |
|---|---|
| 一八四六年 | 九月一二日 ロバート・ブラウニングと結婚。 |
| 一八四六年 | 九月一九日　イタリアへひそかに出発。 |
| 一八四七年 | 三月　初めての流産。 |
| 一八四八年 | 五月　カーザー・グイディ（フィレンツェ）に定住を決める。 |
| 一八四九年 | 三月九日　息子、愛称「ペン」誕生。 |
| 一八五〇年 | 七月『詩集』（『ポルトガル語からのソネット集』を含む）出版。 |
| 一八五一年 | 五月　『グイディ館の窓』出版。 |
| 一八五三年 | 『オーローラ・リー』執筆開始。 |
| 一八五六年 | 一一月　『オーローラ・リー』出版。 |
| 一八五七年 | 一二月四日　従兄ジョン・ケニヨン死去。遺産をブラウニング夫妻に贈与。 |
| 一八五九年 | 四月一七日　父エドワード・モールトン＝バレット死去。 |
| | エリザベス、重い床に伏す。 |
| 一八六〇年 | 一二月　妹ヘンリエタ死去。 |
| 一八六一年 | 三月　『会議前の詩篇』出版。 |
| | 六月六日　カヴール死去。 |
| | 六月二九日　エリザベス永眠。 |

# あとがき

エリザベス・バレット・ブラウニング（一八〇六～一八六一）の作品翻訳を出版するのは二度目である。『オーローラ・リー』（晃洋書房、一九九九年一一月二〇日　初版第一刷発行）から二十年経過したことになる。この書の「あとがき」冒頭に『彼女の作品を読み始めてからもう、二十年余になろうとしている』と記しているから今年で四十年余になるということで、今更ながら歳月の経過に愕然とする。まさに、少年老い易く学成り難し。今回の訳稿は長年にわたって書き溜めたものを活字化したものである。一応、読み返し、多少は推敲したとはいえ、不十分だったと内心忸怩たるものがある。誤読誤解が多々あるものと覚悟している。また、作品中の人名、その他についての註解は研究書、参考書等を参照したうえで付したものであるが、これも思わぬ誤りをしているかもしれない。読者諸賢のご指摘、ご教示を期待している。最後になったが、この翻訳に際しても、畏友市川美香子氏（元大阪市立大学教授）のご助力を賜った。ここに記して感謝の意を表します。

二〇一九年九月吉日　桂文子

## 訳者紹介

桂文子（かつら　ふみこ）

京都大学文学部（英語英文学専攻）卒業。同大学院修士課程修了。博士課程中退。同大学文学部助手、龍谷大学講師へ転出後、助教授、教授を経て、現在、龍谷大学名誉教授。

### 主な著訳書

『英詩の歴史』（昭和堂、1989、共著）、G. メレディス『リチャード・フィーバレルの試練』（英潮社、1993、共訳）、『人間と文学—イギリスの場合』（昭和堂、1994、編著）、『目で見る世界の国々　47　ウエールズ』（国土社、1997、単訳）、エリザベス B. ブラウニング『オーローラ・リー』（晃洋書房、1999、単訳）、バーバラ T. ゲイツ『世紀末自殺考—ヴィクトリア朝文化史』（英宝社、1999、共訳）、『ソネット選集　サウジからスウインバーンまで』（英宝社、2004、共著）、『ソネット選集 ケアリからコールリッジまで』（英宝社、2007、共著）、ロバート・ブラウニング『プリンス　ホーエンシュティール・シュヴァンガウ　世の救い主』（英宝社、2008、単訳）、『ロバート・ブラウニング研究』（英宝社、2009、単著）、『ソネット選集　ワイアットからハーバートまで』（英宝社、2016、共著）

エリザベス・バレット・ブラウニング詩集
—『ポルトガル語からのソネット集』『グイディ館の窓』『会議前の詩篇』等

二〇二〇年一月三〇日　発　行

著作者　Elizabeth Barrett Browning
訳　者　桂　文子

発行所　丸善プラネット株式会社
〒一〇一-〇〇五一
東京都千代田区神田神保町二-一七
電話　〇三-三五一二-八五一六
http://planet.maruzen.co.jp/

発売所　丸善出版株式会社
〒一〇一-〇〇五一
東京都千代田区神田神保町二-一七
電話　〇三-三五一二-三二五六
https://www.maruzen-publishing.co.jp/

組版　ホンマ電文社
印刷・製本　大日本印刷株式会社
ISBN 978-4-86345-449-1 C0098